소설가 구보씨의 일일

아시아에서는 《바이링궐 에디션 한국 대표 소설》을 기획하여 한국의 우수한 문학을 주제별로 엄선해 국내외 독자들에게 소개합니다. 이 기획은 국내외 우수한 번역가들이 참여하여 원작의 품격을 최대한 살렸습니다. 문학을 통해 아시아의 정체성과 가치를 살피는 데 주력해 온 아시아는 한국인의 삶을 넓고 깊게 이해하는 데 이 기획이 기여하기를 기대합니다.

Asia Publishers presents some of the very best modern Korean literature to readers worldwide through its new Korean literature series 〈Bilingual Edition Modern Korean Literature〉. We are proud and happy to offer it in the most authoritative translation by renowned translators of Korean literature. We hope that this series helps to build solid bridges between citizens of the world and Koreans through a rich in-depth understanding of Korea.

바이링궐 에디션 한국 대표 소설 093

Bi-lingual Edition Modern Korean Literature 093

A Day in the Life of Kubo the Novelist

박태원
소설가 구보씨의 일일

Pak Taewon

ASIA
PUBLISHERS

Contents

소설가 구보씨의 일일

A Day in the Life of Kubo the Novelist

어머니는

아들이 제 방에서 나와, 마루 끝에 놓인 구두를 신고, 기둥 못에 걸린 단장[1]을 떼어 들고, 그리고 문간으로 향하여 나가는 소리를 들었다.

"어디, 가니?"

대답은 들리지 않았다.

중문 앞까지 나간 아들은, 혹은, 자기의 한 말을 듣지 못하였는지도 모른다. 또는, 아들의 대답 소리가 자기의 귀에까지 이르지 못하였는지도 모른다. 그 둘 중의 하나라고 생각한 어머니는 이번에는 중문 밖에까지 들

The Mother[1]

heard the son leave his room and put on his shoes at the end of the veranda. He's taking his walking stick off the nail on the rack and walking toward the middle gate.

"Are you going out?"

No answer.

The son is already at the door; he may not have heard what she said. Or his reply may not have reached her ear. The mother figures it's one or the other and raises her voice so as to be heard from the other side of the gate.

릴 목소리를 내었다.

"일쯔거니 들어오너라."

역시, 대답은 들리지 않았다.

중문이 소리를 내어 열리고, 또 소리를 내어 닫혔다. 어머니는 얇은 실망을 느끼려는 자기 자신을 스스로 위로하려 한다. 중문 소리만 크게 나지 않았다면, 아들의 "네―" 소리를, 혹은 들을 수 있었을지도 모른다……

어머니는 다시 바느질을 하며, 대체, 그 애는, 매일, 어딜, 그렇게, 가는, 겐가, 하고 그런 것을 생각하여 본다.

직업과 아내를 갖지 않은, 스물여섯 살짜리 아들은, 늙은 어머니에게는 온갖 종류의, 근심, 걱정거리였다. 우선, 낮에 한번 집을 나서면, 아들은 밤늦게나 되어 돌아왔다.

늙고, 쇠약한 어머니는, 자리도 깔지 않고, 맨바닥에가, 팔을 괴고 누워, 아들을 기다리다가 곧잘 잠이 든다. 편안하지 못한 잠은, 두 시간씩 세 시간씩 계속될 수 없다. 잠깐 잠이 들었다, 깰 때마다, 어머니는 고개를 들어 아들의 방을 바라보고, 그리고, 기둥에 걸린 시계를 쳐다본다.

자정―그리 늦지는 않았다. 이제 아들은 돌아올 게다.

"Come back early!"

Again, no response.

The gate creaks open and closes. The mother tries to console herself; she is a bit frustrated. If only the gate had not creaked so loud, she might have heard her son's "Yes!"

She resumes her sewing. Where does he go every day, she wonders.

The jobless, wifeless twenty-six-year-old son causes his aging mother a lot of heartache. For instance, if he goes out in the afternoon, he doesn't return until very late at night.

The old, frail mother lies down on the bare floor and rests her head on her arm. Waiting for her son, she soon falls asleep. Such uncomfortable sleep doesn't last more than two or three hours at a stretch. She wakes up after dozing briefly, takes a look at her son's room and then at the clock on the wall.

Midnight—not too late. He'll be back soon. Praying that he comes back soon, she nods off again.

It's half past one or two when she wakes up for the second time. The light is on in her son's room.

The son always turns off the light when he goes to bed. Maybe without her knowing it he's already

어머니는 아들이 어서 돌아와지라 빌며, 또 어느 틈엔가 꼬빡 잠이 든다.

그가 두 번째 잠을 깨는 것은 새로 한 점 반이나, 두 점, 그러한 시각이다. 아들의 방에는 그저 불이 켜 있다.

아들은 잘 때면 반드시 불을 끈다. 그러나, 혹은, 어느 틈엔가 아들은 돌아와 자리에 누워 책이라도 읽고 있는 게 아닐까. 아들에게는 그런 버릇이 있다.

어머니는 소리 안 나게 아들의 방 앞에까지 걸어가 가만히 안을 엿듣는다. 마침내, 어머니는 방문을 열어 보고, 입때 웬일일까, 호젓한 얼굴을 하고, 다시 방문을 닫으려다 말고 방 안으로 들어온다.

나이 찬 아들의, 기름과 분 냄새 없는 방이, 늙은 어머니에게는 애달팠다. 어머니는 초저녁에 깔아놓은 채 그대로 있는, 아들의 이부자리와 베개를 바로 고쳐놓고, 그리고 그 옆에 가 앉아본다. 스물여섯 해를 길렀어도 종시 마음이 놓이지 않는 것은 자식이었다. 설혹 스물여섯 해를 스물여섯 곱하는 일이 있었더라도, 어머니의 마음은 늘 걱정으로 차리라. 그래도 어머니는 그가 작은며느리를 보면, 이렇게 밤늦게 한 가지 걱정을 덜 수 있으리라 생각한다.

home; maybe he's reading in bed? That would be just like him.

The mother tiptoes to the son's room and listens cautiously. She opens the door. What's keeping him out this late? Her face forlorn, she is about to close the door behind her; instead she goes into the room.

The mother is saddened because her grown-up son's room lacks any hint of perfume or fragrant oil. She fixes his pillow and bedding—they're just as they were earlier in the evening—and she sits next to them. She has raised him all these twenty-six years, but you're never at ease with your own child. Even if the twenty-six years were multiplied by a further twenty-six, her heart would always be burdened. If only she could marry him off, she thinks, she wouldn't have this late-night anguish.

Why doesn't he want to get married?

Whenever she talks about marriage, the son says, "I'm penniless. How can I support a wife?"

But there must be a way. Surely whatever job he eventually gets will support a family of two.

The mother feels heavy-hearted. She is sorry for her son. He has no intention of looking for a regular job. He just reads, writes, and wanders aimlessly

"참 이 애는 왜 장가를 들려구 안 하는 젠구."

언제나 혼인 말을 꺼내면, 아들은 말하였다.

"돈 한 푼 없이 어떻게 기집을 멕여 살립니까?"

허지만…… 어떻게 도리야 있느니라. 어디 월급쟁이가 되더래두, 두 식구 입에 풀칠이야 못 헐라구…….

어머니는 어디 월급 자리라도 구할 생각은 없이, 밤낮으로, 책이나 읽고 글이나 쓰고, 혹은 공연스레 밤중까지 쏘다니고 하는 아들이, 보기에 딱하고, 또 답답하였다.

"그래두 장가를 들어놓면 맘이 달러지지."

"제 기집 귀여운 줄 알면, 자연 돈 벌 궁릴 하겠지."

작년 여름에 아들은 한 '색시'를 만나본 일이 있다. 그 애면 저두 싫다구는 않겠지. 이제 이놈이 들어오거든 단단히 따져보리라……. 그리고 어머니는 어느 틈엔가 손주 자식을 눈앞에 그려보기조차 한다.

아들은

그러나, 돌아와, 채 어머니가 무어라고 말할 수 있기 전에, 입때 안 주무셨에요, 어서 주무세요, 그리고 자리옷

through the night.

He'll change once he's married, she thinks. If he loves his wife, naturally he'll think about making money.

Last summer he was introduced to a nice girl. Surely he won't turn her down. I'll have a good talk with him when he comes home, she thinks. Soon she's imagining a grandson.

The Son

eventually got home, but before his mother could say, "You're still not in bed, good night now," he changed into pajamas, sat at his desk and opened his writing pad.

The son would assume an offended air if she were to say anything now. And that always hurt. She barely managed to say, "All right, it's late, hurry to bed now, you can write tomorrow."

She left his room. The talk could wait till morning.

Next day, the son got up at eleven—or maybe it was noon. He ate without a word and was off again.

Sometimes he sells what he writes to make mon-

으로 갈아입고는 책상 앞에 앉아, 원고지를 펴놓는다.

그런 때 옆에서 무슨 말이든 하면, 아들은 언제든 불쾌한 표정을 지었다. 그것은 어머니의 마음을 아프게 한다. 그래, 어머니는 가까스로, 늦었으니 어서 자거라, 그걸랑 낼 쓰구…… 한마디를 하고서 아들의 방을 나온다.

"얘기는 낼 아침에래두 허지."

그러나 열한 점이나 오정에야 일어나는 아들은, 그대로 소리 없이 밥을 떠먹고는 나가버렸다.

때로, 글을 팔아 몇 푼의 돈을 구할 수 있을 때, 그 어느 한 경우에, 아들은 어머니를 보고, 무어 잡수시구 싶으신 거 없에요, 그렇게 묻는 일이 있었다.

어머니는 직업을 가지지 못한 아들이, 그래도 어떻게 몇 푼의 돈을 만들어, 자기에게 그런 말을 할 수 있는 것을 신기하게 기뻐하였다.

"어서 내 생각 말구, 네 양말이나 사 신어라."

그러면, 아들은 으레, 제 고집을 세웠다. 아들의 고집 센 것을, 물론 어머니는 좋게 생각 안 했다. 그러나 이러한 경우라면, 아들이 고집을 세우면 세울수록 어머니는 만족하였다. 어머니의 사랑은 보수를 원하지 않지만,

ey.

"Is there anything special you'd like to eat," he asked her once.

She was amazed and delighted that her jobless son could earn a little money and offer her a gift.

"Don't worry about me," she said. "Buy socks for yourself."

The son, as usual, was stubborn. Normally, she didn't like his obstinacy, but on this occasion, the more stubbornly he insisted, the more satisfied she became. A mother's love does not seek reward, but a child showing his love gladdens her heart.

"So what will you buy me?"

"Whatever you wish."

"Something other than food?"

"Certainly."

So the mother ventures to say what she really wants.

"Could you buy me a skirt?"

When the son readily agrees, she adds,

"And could you buy one for your sister-in-law, too?"

His face suddenly darkened. He asked how much two skirts would cost. Maybe he hadn't earned so much after all those sleepless nights.

그래도 자식이 자기에게 대한 사랑을 보여줄 때, 그것은 어머니를 기쁘게 해준다.

대체 무얼 사줄 테냐, 뭐든 어머니 마음대로. 먹는 게 아니래도 좋으냐. 네. 그래 어머니는 에누리 없이 욕망을 말해 본다.

"너, 나, 치마 하나 해주려무나."

아들이 흔연히 응낙하는 걸 보고,

"네 아주멈은 뭐 안 해주니?"

아들은 치마 두 감의 가격을 묻고, 그리고 갑자기 엄숙한 얼굴을 한다. 혹은 밤을 새우기까지 해 아들이 번 돈은, 결코 대단한 액수의 것이 아니었다. 그래, 어머니는 말한다.

"그럼 네 아주멈이나 해주렴."

아들은, 아니에요, 넉넉해요. 갖다 끊으세요. 그리고 돈을 내놓았다.

어머니는, 얼마를 주저한다. 그러나, 마침내, 그는 가장 자랑스러이 돈을 집어들고, 얘애 옷감 바꾸러 나가자, 아재비가 치마 허라고 돈을 주었다. 네 아재비가…… 그렇게 건넌방에서 재봉틀을 놀리고 있던 맏며느리를 신기하게 놀래어준다.

"It's all right," the mother said, "Just buy your sister-in-law a skirt."

"No, I have enough," he says. "Take this and buy them."

And he gave her the money.

The mother hesitated, but she accepted the money with pride. She surprised her daughter-in-law at the sewing machine in the next room. "Let's go buy fabrics. Look, your brother-in-law gave me money for skirts."

When the skirt was finished, the mother put it on and went out.

She visited a relative's house and sat there childlike, waiting for a chance to show off her skirt. When the woman of the house unwittingly said, "Ah, you've got such a nice skirt," the mother immediately answered, "It's a present from my second son, and he bought one for his sister-in-law too." She took such pride in her son. When boasting of him, she lost all her inhibitions.

Such scenes do not happen often. The mother thinks that a regular job would be much better than writing and concludes that her gifted son will prosper in whatever he does. Her son talks about how difficult it is to get a job these days. Yet she has

치마가 되면, 어머니는 그것을 입고, 나들이를 하였다.

일갓집 대청에 가 주인 아낙네와 마주 앉아, 갓난애같이 어머니는 치마 자랑할 기회를 엿본다. 주인마누라가, 섣불리, 참, 치마 좋은 거 해 입으셨구면, 이라고나 한다면, 어머니는 서슴지 않고,

"이거 내 둘째 아이가 해준 거죠. 제 아주멈 해[2]하구, 이거하구……."

이렇게 묻지도 않은 말을 하였다. 어머니는 그것이 아들의 훌륭한 자랑거리라 생각하였다.

자식을 자랑할 때, 어머니는 얼마든지 뻔뻔스러울 수 있다.

그러나 그런 일은 늘 있을 수 없다. 어머니는 역시 글을 쓰는 것보다는 월급쟁이가 몇 곱절 낫다고 생각하고, 그리고 그렇게 재주 있는 내 아들은 무엇을 하든 잘하리라고 혼자 작정해 버린다. 아들은 지금 세상에서 월급 자리 얻기가 얼마나 힘든 것인가를 말한다. 하지만, 보통학교만 졸업하고도, 고등학교만 나오고도, 회사에서 관청에서 일들만 잘하고 있는 것을 알고 있는 어머니는, 고등학교를 졸업하고도, 또 동경엘 건너가 공

seen others doing just fine at companies or in public office, even though they only have an elementary school education and never earned a high school diploma. So she can't for the life of her understand why her son can't find a job—he graduated from high school and even studied in Japan.

Kubo

is out of the house now, walking along the riverside road toward Kwanggyo Bridge. He regrets not having said a simple "yes" to his mother. In fact, the word had been on the tip of his tongue at the gate, but the distance between the outer-quarters' gate and the inner room required quite a loud voice and three laughing, chattering schoolgirls were passing by at that moment.

Still he should have answered. Kubo imagines the lonely look on his mother's face. The girls have drifted out of sight.

At last he reaches the base of the bridge. Ostensibly he's been walking with some purpose, but he stops now. Where to from here? He can go anywhere, but there's nowhere to go.

On the sunlit street, Kubo suddenly feels the on-

불 하고 온 내 아들이, 구해도 일자리가 없다는 것이 도
무지 믿어지지가 않았다.

구보는

집을 나와 천변 길을 광교로 향해 걸어가며, 어머니에
게 단 한마디 "네―" 하고 대답 못 했던 것을 뉘우쳐본
다. 하기야 중문을 여닫으며 구보는 "네―" 소리를 목구
멍까지 내어보았던 것이나 중문과 안방과의 거리는 제
법 큰 소리를 요구하였고, 그리고 공교롭게 활짝 열린
대문 앞을, 때마침 세 명의 여학생이 웃고 떠들며 지나
갔다.

그렇더라도 대답은 역시 해야만 하였었다고, 구보는
어머니의 외로워할 때의 표정을 눈앞에 그려본다. 처녀
들은 어느 틈엔가 그의 시야에서 사라졌다.

구보는 마침내 다리 모퉁이에까지 이르렀다. 그의 일
있는 듯싶게 꾸미는 걸음걸이는 그곳에서 멈추어진다.
그는 어딜 갈까, 생각해 본다. 모두가 그의 갈 곳이었다.
한 군데라 그가 갈 곳은 없었다.

한낮의 거리 위에서 구보는 갑자기 격렬한 두통을 느

set of an acute headache. Though he has a good appetite and sleeps well, he figures he must be having a nervous breakdown.

He looks glum.

KBr	4,0
NaBr	2,0
NH4Br	2,0
MgI2	4,0
Water	200, 0

3 times a day, before meals, for 2 days

The medicine—the young nurse at the hospital calls it 3 *ppisŭi*—has no effect on him whatsoever.

Kubo abruptly steps aside. A bicycle whizzes past, narrowly missing him. The young man on the bicycle throws back a contemptuous look. He must have been ringing his bell loudly from quite a distance. Kubo's narrow escape is not necessarily because he has been recalling the prescription for "3Bsu."[2]

Kubo is doubtful of the hearing ability in his left ear. The young medical assistant who examined his ear was not very skillful, but he dared to declare there was nothing wrong, except that the ear was

낀다. 비록 식욕은 왕성하더라도, 잠은 잘 오더라도, 그것은 역시 신경쇠약에 틀림없었다.

구보는 떠름한 얼굴을 해본다.

臭剝(취박)[3]	4.0
臭那(취나)	2.0
臭安(취안)	2.0
若丁(약정)	4.0
水(물)	200.0

一日 三回分服 二日分(일일 삼회분복 이일분)

그가 다니는 병원의 젊은 간호부가 반드시 "삼뻬스이"라고 발음하는 이 약은 그에게는 조그마한 효험도 없었다.

그러자 구보는 갑자기 옆으로 몸을 비킨다. 그 순간 자전거가 그의 몸을 가까스로 피해 지났다. 자전거 위의 젊은이는 모멸 가득한 눈으로 구보를 돌아본다. 그는 구보의 몇 칸통 뒤에서부터 요란스레 종을 울렸던 것임에 틀림없었다. 그것을 위험이 박두하였을 때에야 비로소 몸을 피할 수 있었던 것은 반드시 그가 '삼B수

very dirty inside. Kubo felt a profound sense of humiliation on hearing this diagnosis. He'd rather have a four-week treatment for an ear infection than a lump of earwax. Still, he carried on nervously cleaning out his ear every day.

Fortunately he did seem to have an infection. On one occasion, browsing through a medical dictionary, he decided—for no particular reason—that he had *otitis media catarrh*. According to the dictionary, *otitis media catarrh* can be acute or chronic, the chronic type having two subtypes, one wet and one dry. Kubo concluded that his complaint must be the chronic wet type.

Of course, the problem wasn't just Kubo's left ear. He hadn't much confidence in his right ear either. He had neglected his hearing for a year now, always thinking he would see a specialist soon. Someday in the not so distant future, he might have to wear a Dunkel ear trumpet or an electronic hearing aid as a result of overusing the comparatively sound right ear to compensate for the dysfunctional left.

(水)'의 처방을 외우고 있었기 때문만이 아니었다.

구보는, 자기의 왼편 귀 기능에 스스로 의혹을 갖는다. 병원의 젊은 조수는 결코 익숙하지 못한 솜씨로 그의 귓속을 살피고, 그리고 대담하게도 그 안이 몹시 불결한 까닭 외에 아무 이상이 없다고 선언하였었다. 한 덩어리의 '귀지'를 갖기보다는 차라리 4주일간 치료를 요하는 중이염을 앓고 싶다, 생각하는 구보는, 그의 선언에 무한한 굴욕을 느끼며, 그래도 매일 신경질하게 귀 안을 소제하였었다.

그러나, 구보는 다행하게도 중이 질환을 가진 듯싶었다. 어느 기회에 그는 의학 사전을 뒤적거려보고, 그리고 별 까닭도 없이 자기는 중이가답아(中耳可答兒)[4]에 걸렸다고 혼자 생각하였다. 사전에 의하면 중이가답아에는 급성 급 만성(急性及慢性)이 있고, 만성 중이가답아에는 또다시 이를 만성 건성 급 만성 습성(慢性乾性及慢性濕性)의 이자(二者)로 나눈다 하였는데, 자기의 이질(耳疾)은 그 만성 습성의 중이가답아에 틀림없다고 구보는 작정하고 있었다.

그러나 부실한 것은 그의 왼쪽 귀뿐이 아니었다. 구보는 그의 바른쪽 귀에도 자신을 갖지 못한다. 언제든 쉬

decides to start walking, aware of the senselessness of continuing to stand idly by the bridge. He walks toward Jongno intersection. He has no business there, but his right foot—randomly extended— veers left.

A man appears from nowhere and crosses his path. Kubo imagines a collision and staggers to a halt.

He curses his eyesight—he cannot trust it even in broad daylight. The $24°$ glasses perched on his nose mitigate his shortsightedness, but they have no effect on the numerous scotomata on his retina. His vision test chart from the Government General Hospital may still be lying in his gloomy drawer. The chart is titled **Ophthalmologist Follow-up Visit.**

R, 4 L, 3

Kubo now remembers the optical perimeter—he saw it on a small table at the ophthalmologist's during his first visit. After two weeks of fever, he had gone there to complain about weakened eyesight. The doctor, who himself wore a rather thick pair of

이 전문의를 찾아보아야겠다고 생각은 하면서도, 1년이나 그대로 내버려둔 채 지내온 그는, 비교적 건강한 그의 바른쪽 귀마저, 또 한편 귀의 난청(難聽) 보충으로 그 기능을 소모시키고, 그리고 불원한 장래에 '듄케르 청장관(廳長管)'이나 '전기 보청기'의 힘을 빌리지 않으면 안 될지도 모른다.

구보는

갑자기 걸음을 걷기로 한다. 그렇게 우두커니 다리 곁에 가 서 있는 것의 무의미함을 새삼스러이 깨달은 까닭이다. 그는 종로 네거리를 바라보고 걷는다. 구보는 종로 네거리에 아무런 사무도 갖지 않는다. 처음에 그가 아무렇게나 내어놓았던 바른발이 공교롭게도 왼편으로 쏠렸기 때문에 지나지 않는다.

갑자기 한 사람이 나타나 그의 앞을 가로질러 지난다. 구보는 그 사내와 마주칠 것 같은 착각을 느끼고, 위태롭게 걸음을 멈춘다.

그리고 다음 순간, 구보는, 이렇게 대낮에도 조금의 자신을 가질 수 없는 자기의 시력을 저주한다. 그의 코

glasses, marked all the scotomata rougly with chalk.

Despite all this, Kubo crossed two streetcar tracks with confident gait and then walked to Hwasin.[3] Before he knows it, he's in the department store.

A young married couple with a four or five-year-old boy wait for the elevator. They'll want to enjoy a nice lunch in a restaurant. The couple's desire to show off their happiness to Kubo seems to gleam in their eyes. For a second, he considers cursing them but instantly changes his mind; instead he gives them his blessing. In fact, he may be envying the couple, who are enjoying a day out together, renewing their sense of happiness despite several years of married life. They clearly have a home where they must be happy.

The elevator descends, the door opens and closes, and the young couple disappears from Kubo's sight with their boy Lucky or Rich.

On his way out, Kubo wonders where he can find happiness. He follows his feet to the safety zone at the streetcar stop. He stands there and looks at his hands. A walking stick in one hand and a notebook in the other—obviously Kubo cannot find his happiness in them.

In the safety zone, people are waiting for the

위에 걸려 있는 24도의 안경은 그의 근시를 도와주었으나, 그의 망막에 나타나 있는 무수한 맹점을 제거하는 재주는 없었다. 총독부 병원 시대의 구보의 시력 검사표는 그저 그 우울한 '안과 재래(眼科在來)'의 책상 서랍 속에 들어 있을지도 모른다.

R, 4   L, 3

구보는, 2주일간 열병을 앓은 끝에, 갑자기 쇠약해진 시력을 호소하러 처음으로 안과의와 대하였을 때의, 그 조그만 테이블 위에 놓여 있던 '시야 측정기'를 지금 기억하고 있다. 제 자신 강도(强度)의 안경을 쓰고 있던 의사는, 백묵을 가져, 그 위에 용서 없이 무수한 맹점을 찾아내었었다.

그래도, 구보는, 약간 자신이 있는 듯싶은 걸음걸이로 전차 선로를 두 번 횡단해 화신상회 앞으로 간다. 그리고 저도 모를 사이에 그의 발은 백화점 안으로 들어서기조차 하였다.

젊은 내외가, 너덧 살 되어 보이는 아이를 데리고 그곳에 가 승강기를 기다리고 있었다. 이제 그들은 식당

streetcar. To them, happiness is an unknown. But at least they have a place to go.

The streetcar arrives. People get off and on. Kubo stands there absentmindedly. When he sees the people who have been standing with him step onto the streetcar, he feels sad and lonely at the thought of being left behind. He jumps on the moving car.

On the Streetcar

at first, Kubo, couldn't find a seat. The last seat was taken by a young woman who had boarded just before him. He stands near the conductor's seat and wonders where he should go. The streetcar is bound for Dongdaemun. At which stop might happiness await him?

The streetcar runs around Dongdaemun Gate and past Kyŏngsŏng Stadium.[4] Kubo looks at the blue flannelette-lined window. The Train Bureau posts news there. Recently people don't seem to be playing soccer or baseball.

To Jangchungdan, to Cheongnyangni, to Seongbuk-dong... Kubo doesn't like the outskirts of the city any more. Nature and leisure are there for the taking... it's true. Even solitude... is all prepared for

으로 가서 그들의 오찬을 즐길 것이다. 흘낏 구보를 본 그들 내외의 눈에는 자기네들의 행복을 자랑하고 싶어 하는 마음이 엿보였는지도 모른다. 구보는, 그들을 업 신여겨볼까 하다가, 문득 생각을 고쳐, 그들을 축복해 주려 하였다. 사실, 4, 5년 이상을 같이 살아왔으면서도, 오히려 새로운 기쁨을 가져 이렇게 거리로 나온 젊은 부부는 구보에게 좀 다른 의미로서의 부러움을 느끼게 하였는지도 모른다. 그들은 분명히 가정을 가졌고, 그 리고 그들은 그곳에서 당연히 그들의 행복을 찾을 게 다.

승강기가 내려와 서고, 문이 열려지고, 닫히고, 그리 고 젊은 내외는 수남(壽男)이나 복동(福童)이와 더불어 구보의 시야를 벗어났다.

구보는 다시 밖으로 나오며, 자기는 어디 가 행복을 찾을까 생각한다. 발 가는 대로, 그는 어느 틈엔가 안전 지대에 가 서서, 자기의 두 손을 내려다보았다. 한 손의 단장과 또 한 손의 공책과──물론 구보는 거기에서 행복 을 찾을 수는 없다.

안전지대 위에, 사람들은 서서 전차를 기다린다. 그들 에게, 행복은 알 수 없다. 그러나 그들은 분명히, 갈 곳

him. But nowadays, he fears solitude.

He loved it once. But to say he once loved solitude may not be an accurate description of his previous state of mind. Perhaps he never really loved it. Maybe he always dreaded it. No matter how often he wrestled with solitude, he could never conquer it. At times maybe he just let himself get lost in it and pretended to love it.

Tickets, please—the conductor approaches. Kubo rests his walking stick on his left arm and thrusts his hand into his pants pocket. He sorts out five coins; the streetcar stops at Jongmyo and the conductor returns to his seat.

Kubo lowers his eyes and looks at the five coins in his hand. They are all tails. Taishō[5] twelfth year, eleventh year, eighteenth year... Kubo tries to find meaning in the figures. This proves fruitless. Even if he could make sense of them, it would still not be *happiness*.

The conductor approaches again. "Sir, where are you going?" Kubo takes note of where the streetcar is headed. "Changgyeong Park?" Kubo makes no sign to the conductor. A man on a streetcar with no destination has nowhere to get off.

The streetcar stops, then moves off again. Look-

만은 가지고 있었다.

전차가 왔다. 사람들은 내리고 또 탔다. 구보는 잠깐 멍하니 그곳에 서 있었다. 그러나 자기와 더불어 그곳에 있던 온갖 사람들이 모두 저 차에 오른다 보았을 때, 그는 저 혼자 그곳에 남아 있는 것에, 외로움과 애달픔을 맛본다. 구보는, 움직인 전차에 뛰어올랐다.

전차 안에서

구보는, 우선, 제 자리를 찾지 못한다. 하나 남았던 좌석은 그보다 바로 한 걸음 먼저 차에 오른 젊은 여인에게 점령당했다. 구보는, 차장대(車掌臺) 가까운 한구석에 가 서서, 자기는 대체, 이 동대문행 차를 어디까지 타고 가야 할 것인가를, 대체, 어느 곳에 행복은 자기를 기다리고 있을 것인가를 생각해 본다.

이제 이 차는 동대문을 돌아 경성운동장 앞으로 해서…… 구보는, 차장대, 운전대로 향한, 안으로 파란 융을 받쳐 댄 창을 본다. 전차과(電車課)에서는 그곳에 '뉴스'를 게시한다. 그러나 사람들은 요사이 축구도 야구도 하지 않는 모양이었다.

ing out the window, it occurs to Kubo that he could have dropped by the university hospital. He has a friend who studies psychosis in the lab there. Visiting him—seeing a different world—might not bring happiness, but at least it would count as doing something.

When Kubo turns around, he sees a woman who seems to have just gotten on the car, and to his surprise, he recognizes her. If he tells his mother when he goes home that he met *her*, his mother, her face all lit up, will keep pressing him, "and then and then?" If he says that's all, his mother will be disappointed and accuse him of tactlessness. But if someone else hears about it and talks of her son's timidity, she will excuse him, saying, "My son is so shy by nature..."

Kubo looks nowhere in particular; he's afraid of meeting her eye. Did she see me standing here, he wonders.

The Woman

perhaps saw him. There are only a few passengers on the streetcar, and a man standing in one corner, ignoring the empty seats, is readily visible. She

장충단으로. 청량리로. 혹은 성북동으로……. 그러나 요사이 구보는 교외를 즐기지 않는다. 그곳에는, 하여튼 자연이 있었고, 한적(閑寂)이 있었다. 그리고 고독조차 그곳에는, 준비되어 있었다. 요사이, 구보는 고독을 두려워한다.

일찍이 그는 고독을 사랑한 일이 있었다. 그러나 고독을 사랑한다는 것은 그의 심경의 바른 표현이 못 될 게다. 그는 결코 고독을 사랑하지 않았는지도 모른다. 아니 도리어 그는 그것을 그지없이 무서워하였는지도 모른다. 그러나 그는 고독과 힘을 겨루어, 결코 그것을 이겨내지 못하였다. 그런 때, 구보는 차라리 고독에게 몸을 떠맡겨 버리고, 그리고, 스스로 자기는 고독을 사랑하고 있는 것이라고 꾸며왔었는지도 모를 일이다…….

표, 찍읍쇼—차장이 그의 앞으로 왔다. 구보는 단장을 왼팔에 걸고, 바지 주머니에 손을 넣었다. 그러나 그가 그 속에서 다섯 닢의 동전을 골라내었을 때, 차는 종묘 앞에 서고, 그리고 차장은 제자리로 돌아갔다.

구보는 눈을 떨어뜨려, 손바닥 위의 다섯 닢 동전을 본다. 그것들은 공교롭게도 모두가 뒤집혀 있었다. 대정(大正) 12년. 11년. 11년. 8년. 12년. 대정 54년—, 구보

would have certainly seen him. But did she recognize him? That's uncertain. It wouldn't have been that easy to recognize a man she met only once last summer, and has never met since, not even on the street. It is a lonely and disconsolate experience for a man to reflect that a woman he remembers has lost all memory of him. His bold or rather insolent attitude at the time, he thinks, must have made quite an impression. Kubo wants to believe that she, too, sometimes thinks of him.

She must have seen me; she must know who I am. In which case, what are her feelings now? Kubo's curiosity is piqued.

He glances timidly at the profile of the woman—she's sitting diagonally across from him, about ten feet away. Instantly, he looks away, afraid of meeting her eye, thinking that she may also have glanced at him and noticed him stealing a look at her. She may know him to be the man, and she may also know that he knows she's the woman. *So what should I do now?* Kubo racks his brain. *Maybe I should greet her. But then maybe it's more polite to pretend not to have noticed her. I wish I knew what she wants.* Suddenly he feels funny about being nervous. *How can I be so worked up about a trifle? Maybe I*

는 그 숫자에서 어떤 한 개의 의미를 찾아내려 들었다. 그러나 그것은 부질없는 일이었고, 그리고 또 설혹 그것이 무슨 의미를 가지고 있었다 하더라도, 그것은 적어도 '행복'은 아니었을 게다.

차장이 다시 그의 옆으로 왔다. 어디를 가십니까. 구보는 전차가 향해 가는 곳을 바라보며 문득 창경원에라도 갈까, 하고 생각한다. 그러나 그는 차장에게 아무런 사인도 하지 않았다. 갈 곳을 갖지 않은 사람이, 한번, 차에 몸을 의탁하였을 때, 그는 어디서든 섣불리 내릴 수 없다.

차는 서고, 또 움직였다. 구보는 창밖을 내다보며, 문득, 대학병원에라도 들를 것을 그랬나 해본다. 연구실에서, 벗은, 정신병을 공부하고 있었다. 그를 찾아가, 좀 다른 세상을 구경하는 것은, 행복은 아니어도, 어떻든한 개의 일일 수 있다…….

구보가 머리를 돌렸을 때, 그는 그곳에, 지금 막 차에 오른 듯싶은 한 여성을 보고, 그리고 신기하게 놀랐다. 집에 돌아가, 어머니에게 오늘 전차에서 '그 색시'를 만났죠 하면, 어머니는 응당 반색을 하고, 그리고, "그래서 그래서", 뒤를 캐어물을 게다. 그가 만약, 오직 그뿐이라

really had a secret longing for her in my heart. But when he recalls that he has not seen her in his dreams since their meeting last year, it dawns on him that he was probably never really in love with her.

And if not, his mind-reading and flights of fancy are—to say the least—an emotional violation, a sin of sorts.

But what if she did long for him?

Just as he turns to look at her, she gets up, picks up her umbrella and gets off at Dongdaemun. Kubo, his heart troubled once more, wants to get off himself, as he sees her standing in the safety zone waiting for a Cheongnyangni-bound streetcar. Still, if she sees him again on the same streetcar and discovers that he got on for no other reason than to try his luck with her, how crass she would find him. While he wavers, the streetcar moves on; the two grow farther apart. Finally, she is completely out of sight. Damn! Kubo thinks with a sudden surge of regret.

Happiness

—the happiness for which he so yearns—perhaps departed forever with her. As the bearer of his

고라도 말한다면, 어머니는 실망하고, 그리고 그를 주변머리 없다고 책할지도 모른다. 그러나 누가 그 일을 알고, 그리고 아들을 졸(拙)하다[5]고라도 말한다면, 어머니는, 내 아들은 원체 얌전해서…… 그렇게 변호할 게다.

구보는 여자와 시선이 마주칠까 겁(怯)하여,[6] 얼토당토않은 곳을 보며, 저 여자는 내가 여기 있는 것을 보았을까, 하고 생각한다.

여자는

혹은, 그를 보았을지도 모른다. 전차 안에, 승객은 결코 많지 않았고, 그리고 자리가 몇 군데 비어 있음에도 불구하고, 구석에 가 서 있는 사람이란, 남의 눈에 띄기 쉽다. 여자는 응당 자기를 보았을 게다. 그러나, 여자는 능히 자기를 알아볼 수 있었을까. 그것은 의문이다. 작년 여름에 단 한 번 만났을 뿐으로, 이래 일 년 간 길에서라도 얼굴을 대한 일이 없는 남자를, 그렇게 쉽사리 여자는 알아내지 못할 게다. 그러나, 자기가 기억하고 있는 여자에게, 자기의 기억이 없으리라고 생각하는 것은,

happiness, she may have longed for him to open his heart. *Why can't I be more daring?* Kubo lists her merits one by one. Will there be someone else to offer me the promise of happiness?

With the destination board changed to Han River Bridge, the streetcar passes the Training Center. Kubo sits down and sorts the five-*chŏn* coins in his pocket, wondering whether she might after all be the only woman for him, even if she never appeared in his dreams.

His belief that he didn't think about her much may be a kind of self-deception. When he returned home to his anxiously waiting mother after the first meeting, he certainly expressed his opinion, a sort of "she-might-do" endorsement. All the same, Kubo forbade his mother from making a proposal to her family. He did so not simply from vanity. He didn't want to cause her unwarranted distress, in case she wasn't interested in him. Kubo wanted to respect her feelings.

Of course, nothing was heard from her. From time to time, Kubo wondered whether she might be secretly waiting to hear from him. Yet to entertain such an idea was ridiculously self-conceited. Meanwhile, time passed, and he began to lose in-

누구에게 있어서든, 외롭고 또 쓸쓸한 일이다. 구보는, 여자와의 회견 당시의 자기의 그 대담한, 혹은 뻔뻔스러운 태도와 화술이, 그에게 적잖이 인상 주었으리라고 생각하고, 그리고 여자는 때때로 자기를 생각해 주고 있었다고 믿고 싶었다.

그는 분명히 나를 보았고 그리고 나를 나라고 알았을 게다. 그러한 그는 지금 어떠한 느낌을 가지고 있을까, 그것이 구보는 알고 싶었다.

그는 결코 대담하지 못한 눈초리로, 비스듬히 두 칸통 떨어진 곳에 앉아 있는 여자의 옆얼굴을 곁눈질하였다. 그리고 다음 순간, 그와 눈이 마주칠 것을 겁하여 시선을 돌리며, 여자는 혹은 자기를 곁눈질한 남자의 꼴을, 곁눈으로 느꼈을지도 모르겠다고, 그렇게 생각하여본다. 여자는 남자를 그 남자라 알고, 그리고 남자가 자기를 그 여자라 안 것을 알고 있을지도 모른다. 이러한 경우에, 나는 어떠한 태도를 취해야 마땅할까 하고, 구보는 그러한 것에 머리를 썼다. 알은체를 해야 옳을지도 몰랐다. 혹은 모른 체하는 게 정당한 인사일지도 몰랐다. 그 둘 중에 어느 편을 여자는 바라고 있을까. 그것을 알았으면, 하였다. 그러다가, 갑자기, 그러한 것에 마음

terest. Perhaps, if her parents had made contact first, Kubo would have been able to rouse his interest again. At one point, an old lady, who was somehow related to the girl's family, hinted that they were observing the moves on his side. Kubo smiled wryly. If this were true, he thought, it's not so much a comedy as a tragedy. Still, he was unwilling to take any action to save them both from tragedy.

The streetcar passed Yakch'ojŏng. Kubo was distracted from his absorbing line of thought by a young woman sitting in front of him with an umbrella between her knees. He grins slyly. He learned from a magazine that this suggests a woman is not a virgin. But a woman of her age would naturally have a husband. Maybe that's why she wore her hair done-up. *She*, where did she put her umbrella? Kubo toys with this wayward idea. He considers whether someone making such an observation isn't bound to make the woman he marries unhappy. Will a woman be able to make him happy? He considers his female acquaintances one after another and he sighs softly.

을 태우고 있는 자기가 스스로 괴이하고 우스워, 나는 오직 요만 일로 이렇게 흥분할 수가 있었던가 하고 스스로를 의심해 보았다. 그러면 나는 마음속 그윽이 그를 생각하고 있던지도 모르겠다고 생각해 보았다. 그러나 그가 여자와 한 번 본 뒤로, 이래 일 년 간, 그를 일찍이 한 번도 꿈에 본 일이 없었던 것을 생각해 내었을 때, 자기는 역시 진정으로 그를 사랑하고 있는 것은 아닌지도 모르겠다고, 그러한 생각이 들었다. 만약 그렇다면 자기가 여자의 마음을 헤아려보고, 그리고 이리저리 공상을 달리고 하는 것은, 이를테면, 감정의 모독이었고, 그리고 일종의 죄악이었다.

그러나 만약 여자가 자기를 진정으로 그리고 있다면—.

구보가, 여자 편으로 눈을 주었을 때, 그러나, 여자는 자리에서 일어나 양산을 들고 차가 동대문 앞에 하차하기를 기다려 내려갔다. 구보의 마음은 또 한 번 동요하며, 창 너머로 여자가 청량리행 전차를 기다리느라, 그곳 안전지대로 가 서는 것을 보았을 때, 그는 자기도 차에서 곧 내리고 싶은 충동을 느꼈다. 그러나, 여자가 청량리행 전차 속에서 자기를 또 한 번 발견하고, 그리고 자기가 일도 없건만, 오직 여자와의 사이에 어떠한 기

Once

Kubo had an unrequited love for his friend's sister. On summer evenings when visiting his friend, this sister came to the door to meet him. She seemed beautiful and pure, sufficiently so for young Kubo to admire her. The fifteen-year-old bookish boy thought that he wanted to love her, thought that he would certainly be happy if he could marry her someday. He visited his friend frequently in the hope of meeting her, blushed at chance encounters, and, upon returning home, he drafted many late night love poems. But the knowledge that she was three years older made him feel insecure. By the time he reaches the age when confessions of love to a woman are no longer awkward, she will already have embraced another, an older man.

She ended up in an older man's arms before Kubo could devise a solution to his problem. Seventeen-year-old Kubo liked to think that his heart was filled with sorrow, and yet he tried to wish for their happiness, especially the man's. A great deal had been written about such sentiments in the books he had read. Three thousand *wŏn* to cover the wedding expenses. A honeymoon in Tokyo. A

회를 엿보기 위해 그 차를 탄 것에 틀림없다는 것을 눈치 챌 때, 여자는 그러한 자기를 얼마나 천박하게 생각할까. 그래, 구보가 망설거리는 동안, 전차는 달리고, 그들의 사이는 멀어졌다. 마침내 여자의 모양이 완전히 그의 시야에서 떠났을 때, 구보는 갑자기, 아차, 하고 뉘우친다.

행복은

그가 그렇게도 구해 마지않던 행복은, 그 여자와 함께 영구히 가버렸는지도 모른다. 여자는 자기에게 던져줄 행복을 가슴에 품고서, 구보가 마음의 문을 열어 가까이 와주기를 갈망하였는지도 모른다. 왜 자기는 여자에게 좀 더 대담하지 못하였나. 구보는, 여자가 가지고 있는 온갖 아름다운 점을 하나하나 헤어보며, 혹은 이 여자 말고 자기에게 행복을 약속해 주는 이는 없지나 않을까, 하고 그렇게 생각하였다.

방향판을 한강교로 갈고 전차는 훈련원을 지났다. 구보는 자리에 앉아, 주머니에서 5전 백동화(白銅貨)를 골라 꺼내면서, 비록 한 번도 꿈에 본 일은 없었더라도, 역

house in Kwansudong, recently renovated. This seemed to guarantee their happiness.

In spring Kubo and his friend visited the couple. Without blushing Kubo could carry on an ordinary conversation with the wife, who was already a mother of two. When he complimented her clever seven-year-old boy, the young mother complained that the boy was the youngest in the neighborhood, and that the older children behaved nastily toward the smaller ones. She proudly told him how she once marked each of her son's cards with a pencil, since she pitied him for always coming home after losing his cards to the other children. When he returned that day with all his cards gone, she summoned the children in the neighborhood and recovered the cards by picking out "my" child's from the ones they had...

Kubo sighs gently. It's no loss that he couldn't marry her after all. With that kind of woman, he would probably never have had the chance to know what happiness is.

He got off the streetcar at the Chosŏn Bank and headed for Changgokch'ŏnjŏng. He's tired of thinking; he feels like stopping at a teahouse to enjoy a cup of tea.

시 그가 자기에게는 유일한 여자가 아닐까 하고 생각해
본다.

자기가, 그를, 그동안 대수롭지 않게 여겨왔던 것같이
생각하는 것은, 구보가 제 감정을 속인 것에 지나지 않
을지도 모른다. 그가 여자를 만나보고 돌아왔을 때, 그
는 집에서 아들을 궁금히 기다리고 있던 어머니에게 '그
여자면' 정도의 뜻을 표시하였었던 것에 틀림없었다. 그
러나 구보는, 어머니가 색싯집으로 솔직하게 구혼할 것
을 금하였다. 그것은 허영심만에서 나온 일은 아니다.
그는 여자가 자기 생각을 안 하고 있는 경우에 객쩍게
시리 여자를 괴롭혀주고 싶지 않았던 까닭이다. 구보는
여자의 의사와 감정을 존중하고 싶었다.

그러나, 물론, 여자에게서는 아무런 말도 하여 오지
않았다. 구보는, 여자가 은근히 자기에게서 무슨 말이
있기를 기다리고 있는 것이나 아닐까, 하고도 생각하여
보았다. 그러나 그런 것을 생각하는 것은 제 자신 우스
운 일이다. 그러는 동안에, 날은 가고, 그리고 그것에 대
한 흥미를 구보는 잃기 시작하였다. 혹시, 여자에게서
라도 먼저 말이 있다면―. 그러면 구보는 다시 이 문제
에 흥미를 가질 수 있을 게다. 언젠가 여자의 집과 어떻

What time is it? He has no watch. If he had a watch, he would choose an elegant pocket watch. A wristwatch—that suits a young girl. Kubo recalls a girl who wanted a wristwatch. She wanted an 18K gold watch in the local pawnshop. It had a price tag of four *wŏn*, eighty *chŏn*. And if she could also buy a new skirt, she thought she would reach the pinnacle of happiness. A voile skirt woven with "Bemberg" strands. Three *wŏn*, sixty *chŏn*. In all, eight *wŏn*, forty *chŏn* would complete her happiness. Kubo has not heard whether her modest wish was ever granted.

Kubo wonders just how much he would need to be happy.

In the Teahouse

it's about two in the afternoon. Jobless types are sitting around on cane chairs, talking, drinking tea, smoking cigarettes, and listening to records. They are mostly young, but despite their youth, they look world-weary already. In the dark, partially lit teahouse, their eyes broadcast a litany of trials and tribulations. Occasionally, a buoyant footstep glides into the teahouse, or a bright laugh fills the room,

게 인척관계가 있는 노(老)마나님이 와서 색싯집에서도 이편의 동정만 살피고 있는 듯싶더란 말을 들었을 때, 구보는 쓰디쓰게 웃고, 그리고 그것이 사실이라면, 그것은 희극이라느니보다는, 오히려 한 개의 비극이라고 생각하였다. 그러면서도 구보는 그 비극에서 자기네들을 구하기 위하여 팔을 걷고 나서려 들지 않았다.

전차가 약초정(若草町)[7] 근처를 지나갈 때, 구보는, 그러나, 그 흥분에서 깨어나, 뜻 모를 웃음을 입가에 띠어본다. 그의 앞에 어떤 젊은 여자가 앉아 있었다. 그 여자는 자기의 두 무릎 사이에다 양산을 놓고 있었다. 어느 잡지에선가, 구보는 그것이 비(非)처녀성을 나타내는 것임을 배운 일이 있다. 딴은, 머리를 틀어 올렸을 뿐이나, 그만한 나이로는 저 여인은 마땅히 남편을 가졌어야 옳을 게다. 아까, 그는 양산을 어디다 놓고 있었을까 하고, 구보는, 객쩍은 생각을 하다가, 여성에게 대해 그러한 관찰을 하는 자기는, 혹은 어떠한 여자를 아내로 삼든 반드시 불행하게 만들어 주지나 않을까, 하고 생각하였다. 그러나 여자는—. 여자는 능히 자기를 행복되게 해줄 것인가. 구보는 자기가 알고 있는 온갖 여자를 차례로 생각해 보고, 그리고 가만히 한숨지었다.

but such luxuries are out of place here. The teahouse regulars disdain them above all else. Kubo orders coffee and cigarettes from a young waiter and heads for a cane table in the corner. Just how much would I need? A poster hangs over his head, a painter's **"Farewell Exhibition upon Leaving for Europe."** Kubo imagines that if he had money to go abroad, he would be almost completely happy, at least for a time. Even to Tokyo. Tokyo would be good. Kubo thinks that he'd like to see how Tokyo has changed since he left. Or even somewhere closer to home. Somewhere nearby would do. Kubo believes that he would certainly feel happy, were he to find himself at Kyŏngsŏng Station with his small suitcase, even if his destination were only twelve miles away. That is a happiness only time and money can offer. He is prepared to go on a trip at any moment...

Sipping his coffee, he counts all the types of happiness a little money can buy. Even with eight *wŏn*, forty *chŏn*, he would be able to acquire, for a time, some small happiness, or even more. Kubo doesn't want to mock himself for that thought. Doesn't a heart that can be consoled for a while with a little money deserve sympathy, love even?

일찍이

구보는, 벗의 누이에게 짝사랑을 느낀 일이 있었다. 어느 여름날 저녁, 그가 벗을 찾았을 때, 문간으로 그를 응대하러 나온 벗의 누이는, 혹은 정말, 나어린 구보가 동경의 마음을 갖기에 알맞도록 아름답고, 깨끗하였는지도 모른다. 열다섯 살짜리 문학 소년은 그를 사랑하고 싶다 생각하고, 뒷날 그와 결혼할 수 있다 하면, 응당 자기는 행복이리라 생각하고, 자주 벗을 찾아가 그와 만날 기회를 엿보고, 혹 만나면 저 혼자 얼굴을 붉히고, 그리고 돌아와 밤늦게 여러 편의 연애시를 초(草)하였다.[8] 그러나, 그가 자기보다 세 살이나 위라는 것을 생각할 때, 구보의 마음은 불안하였다. 자기가 한 여자의 앞에서 자기의 사랑을 고백해도 결코 서투르지 않을 나이가 되었을 때, 여자는, 이미, 그 전에, 다른, 더 나이 먹은 이의 사랑을 용납해 버릴 게다.

그러나 구보가 그것에 대하여 아무런 대책도 강구할 수 있기 전에, 여자는, 참말, 나이 먹은 남자의 품으로 갔다. 열일곱 살 먹은 구보는, 자기의 마음이 퍽 괴롭고 슬픈 것같이 생각하려 들고, 그리고, 그러면서도, 그들

What is my greatest wish? Kubo lit a cigarette. While cleaning his pipe at the hearth, Ishikawa Takuboku[6] once asked what is my real desire? Kubo felt he ought to have such desire, but he found he hadn't. Probably true. But if you try, you can put anything into words. Tzu Lu[7] wanted to go for a carriage ride with a friend, wearing light clothes and enjoying himself to his heart's content, while Kong Jung[8] wished for a room full of guests and a glass of wine that never ran dry. Kubo wishes that he, too, could find pleasure among good friends.

Suddenly Kubo yearns for a friend. He wishes he had a friend here to chat with over coffee, to share the same thoughts.

Footsteps stop on the pavement in front of the teahouse; the door silently opens. The man is not one of Kubo's friends. When their eyes meet, the two almost simultaneously turn their heads away. Melancholy settles on Kubo's quiet heart.

The Man

and Kubo once exchanged greetings. On a dark street. A friend introduced them. "I've heard a lot

의 행복을, 특히 남자의 행복을, 빌려 들었다. 그러한 감정은 그가 읽은 문학서류(類)에 얼마든지 씌어 있었다. 결혼 비용 삼천 원. 신혼여행은 동경으로. 관수동에 그들 부처(夫妻)를 위해 개축된 집은 행복을 보장하는 듯싶었다.

이번 봄에 들어서서, 구보는 벗과 더불어 그들을 찾았다. 이미 두 아이의 어머니인 여인 앞에서, 구보는 얼굴을 붉히는 일 없이 평범한 이야기를 서로 할 수 있었다. 구보가 일곱 살 먹은 사내아이를 영리하다고 칭찬하였을 때, 젊은 어머니는, 그러나 그 애가 이 골목 안에서는 그중 나이 어림을 말하고, 그리고 나이 먹은 아이들이란, 저희보다 적은 아이에게 대하여 얼마든지 교활할 수 있음을 한탄하였다. 언제든 딱지를 가지고 나가서는, 최후의 한 장까지 빼앗기고 들어오는 아들이 민망해, 하루는 그 뒤에 연필로 하나하나 표를 하여 주고 그것을 또 다 잃고 돌아왔을 때, 그는 골목 안의 아이들을 모아, 그들이 가지고 있는 딱지에서 원래의 내 아이 물건을 가려내어, 거의 모조리 회수할 수 있었다는 이야기를, 젊은 어머니는 일종의 자랑조차 가지고 구보에게 들려주었었다……

54

about you," the man said. He must have known Kubo's name and face. But Kubo didn't know him. The meeting in the dark ended without Kubo seeing the stranger very clearly, and when he came across him afterwards, he failed to recognize him. The stranger must have felt insulted when Kubo passed without acknowledging him. If he thought that Kubo recognized him but pretended not to, naturally he would take offense. But Kubo didn't know this, and he was at ease in his ignorance. He just found the man odd because whenever they bumped into each other, the man averted his eyes, looking embarrassed and upset. As long as Kubo merely found him odd, he felt fine. But when he finally recollected who the man was, a shadow was cast over his heart. Ever since then, Kubo, turned away involuntarily when he spotted him, equally embarrassed and confused. Kubo, trying now to block a corner of the teahouse from view, feels anew the complexity of human relationships.

Kubo leaves a few coins on the table and exits the teahouse with notebook in hand. Where to now? He walks toward the Prefecture Hall. One way or another, I'd like to see a friend. In Kubo's mind the faces of his friends parade before him in

구보는 가만히 한숨짓는다. 그가 그 여인을 아내로 삼을 수 없었던 것은, 결코 불행이 아니었다. 그러한 여인은, 혹은, 한평생을 두고, 구보에게 행복이 무엇임을 알기회를 주지 않았을지도 모른다.

조선은행 앞에서 구보는 전차를 내려, 장곡천정(長谷川町)[9]으로 향한다. 생각에 피로한 그는 이제 마땅히 다방에 들러 한 잔의 홍차를 즐겨야 할 것이다.

몇 점이나 되었나. 구보는, 그러나, 시계를 갖지 않았다. 갖는다면, 그는 우아한 회중시계를 택할 게다. 팔뚝시계는—그것은 소녀 취미에나 맞을 게다. 구보는 그렇게도 팔뚝시계를 갈망하던 한 소녀를 생각하였다. 그는 동리에 전당(典當)[10] 나온 십팔금 팔뚝시계를 탐내고 있었다. 그것은 사 원 팔십 전에 구할 수 있었다. 그리고, 그는, 그 시계 말고, 치마 하나를 해 입을 수 있을 때에, 자기는 행복의 절정에 이를 것같이 생각하고 있었다.

'벰베르구' 실로 짠 보이루 치마.[11] 삼 원 육십 전. 하여튼 팔 원 사십 전이 있으면, 그 소녀는 완전히 행복일 수 있었다. 그러나, 구보는, 그 결코 크지 못한 욕망이 이루어졌음을 듣지 못했다.

구보는, 자기는, 대체, 얼마를 가져야 행복일 수 있을

the order of their streets. None was likely to be home at this time of day. Where to now? In the middle of the street, he looks past the spacious yard at Taehanmun Gate. *Try the swing in the children's park?* The shabbiness of the old palace[9] weighs on his heart.

Kubo throws his cigarette butt on the street. He notices a boy standing beside him. The boy has the walking stick Kubo left behind in the teahouse. "Thanks." Kubo chuckles at his absentmindedness, gazes a while at the boy running back to the teahouse and follows him.

A young painter runs an antique store in the back alley next to the teahouse. Kubo knows nothing about painting, but he has an artistic temperament, and given the chance, he would like to hear a few stories about that profession. A novelist requires all kinds of knowledge.

Kubo's friend is not in. "Master just went out." The clerk looks at the clock on the wall. "About ten minutes ago," he adds.

Kubo wonders what effect those ten minutes will have on him as he walks along the alley toward the streetcar tracks.

People come and go in the street, in a hurry, at

까 생각해 본다.

다방의

오후 두 시, 일을 가지지 못한 사람들이 그곳 등의자에 앉아, 차를 마시고, 담배를 태우고, 이야기를 하고, 또 레코드를 들었다. 그들은 거의 다 젊은이들이었고, 그리고 그 젊은이들은 그 젊음에도 불구하고, 이미 자기네들은 인생에 피로한 것같이 느꼈다. 그들의 눈은 그 광선이 부족하고 또 불균등한 속에서 쉴 사이 없이 제각각의 우울과 고달픔을 하소연한다. 때로, 탄력 있는 발소리가 이 안을 찾아들고, 그리고 호화로운 웃음소리가 이 안에 들리는 일이 있었다. 그러나 그것들은 이곳에 어울리지 않았고, 그리고 무엇보다도 다방에 깃들인 무리들은 그런 것을 업신여겼다.

구보는 아이에게 한 잔의 가배[12]차(珈琲茶)와 담배를 청하고 구석진 등탁자로 갔다. 나는 대체 얼마가 있으면─그의 머리 위에 한 장의 포스터가 걸려 있었다. 어느 화가의 '도구유별전(渡歐留別展)'. 구보는 자기에게 양행비(洋行費)[13]가 있으면, 적어도 지금 자기는 거의 완전

work. Kubo stands on the pavement. I should go somewhere, he thinks suddenly, maybe to the Sŏsomun area... for the sake of my writing. For a long time he's been lazy about his *modernology*.[10]

That thought gives Kubo an acute headache and a sense of general fatigue. He can't take another step; he stands there in a stupor.

After a While

Kubo decided to walk on. The scorching midsummer sun on his bare head makes him dizzy. He can't stand here like this. Neurasthenia. Of course, it's not just his nerves. With this head, with this body, what will I ever accomplish? Kubo, feels somewhat threatened by the energetic body and resilient gait of a virile man just passing. Suddenly he regrets having read *The Tale of Ch'unhyang*[11] at the age of nine—he had to hide from the watchful eyes of the adults in the family. After a visit with his mother to one of their relatives, Kubo thought, he, too, like them, wanted to read storybooks. But it was forbidden at home. Kubo consulted a housemaid. She told him about a rental agency that had all kinds of books and lent them for 1 *wŏn* a volume, no more.

히 행복일 수 있으리라 생각한다. 동경(東京)에라도—.

동경도 좋았다. 구보는 자기가 떠나온 뒤의 변한 동경이 보고 싶다 생각한다. 혹은 더 좀 가까운 데라도 좋았다. 지극히 가까운 데라도 좋았다. 오십 리 이내의 여정에 지나지 않더라도, 구보는, 조그만 '슈트케이스'를 들고 경성역에 섰을 때, 응당 자기는 행복을 느끼리라 믿는다. 그것은 금전과 시간이 주는 행복이다. 구보에게는 언제든 여정에 오르려면, 오를 수 있는 시간의 준비가 있었다……

구보는 차를 마시며, 약간의 금전이 가져다줄 수 있는 온갖 행복을 손꼽아 보았다. 자기도, 혹은, 팔 원 사십 전을 가지면, 우선, 조그만 한 개의, 혹은, 몇 개의 행복을 가질 수 있을 게다. 구보는, 그러한 제 자신을 비웃으려 들지 않았다. 오직 그만한 돈으로 한때, 만족할 수 있는 그 마음은 애달프고 또 사랑스럽지 않은가.

구보는 담배에 불을 붙이며 자기가 원하는 최대의 욕망은 대체 무엇일꼬, 하였다. 석천탁목(石川啄木)[14]은, 화롯가에 앉아 곰방대를 닦으며, 참말로 자기가 원하는 것이 무엇일꼬, 생각하였다. 그러나 그것은 있을 듯하면서도 없었다. 혹은, 그럴 게다. 그러나 구태여 말해,

But you'll get a scolding... And then, she muttered to herself, "For sheer fun nothing beats *The Tale of Ch'unhyang*." A coin and the lid of a copper bowl were the price of his first storybook seventeen years ago, which was perhaps the beginning of everything that followed, as well as all that is to come. The storybooks he read! The novels he spent his nights with! Kubo's health must have suffered irreparable damage in his boyhood...

Constipation. Irregular urination. Fatigue. Ennui. Headache. Heavy-headedness. Syncope. Dr. Morida Masao's training therapy... Whatever his illness is, T'aep'yŏngt'ong street, humble, no... but barren and cluttered, darkens Kubo's mind. While thinking of how to drive those dirty junkmen off the streets, he suddenly remembers how Seohae[12] papered his ceiling to hide its loud patterns. Another unmistakable case of nervous exhaustion. A grin forms on Kubo's lips. He recalls Seohae's horselaugh. Come to think of it, that, too, was a hollow, lonely sound.

Kubo remembers he hasn't read a single page of *Scarlet Flame*, a book his late friend gave him, and he feels pangs of regret. It's not just Seohae's work that he has not read. Already he's three years behind in his reading. When Kubo became aware of

말할 수 없을 것도 없을 게다. '願車馬衣輕裘 與朋友共
敝之而無憾(원거마의경구 여붕우공 폐지이무감)'[15]은 자로
(子路)의 뜻이요 '座上客常滿 樽中酒不空(좌상객상만 준중
주불공)'[16]은 공융(孔融)의 원하는 바였다. 구보는, 저도
역시, 좋은 벗들과 더불어 그 즐거움을 함께 하였으면
한다.

갑자기 구보는 벗이 그리워진다. 이 자리에 앉아 한
잔의 차를 나누며, 또 같은 생각 속에 있고 싶다 생각한
다…….

구둣발 소리가 바깥 포도(鋪道)를 걸어와, 문 앞에 서
고, 그리고 다음에 소리도 없이 문이 열렸다. 그러나 그
는 구보의 벗이 아니었다. 뿐만 아니라, 두 사람의 시선
이 마주쳤을 때, 두 사람은 거의 일시에 머리를 돌리고
그리고 구보는 그의 고요한 마음속에 음울을 갖는다.

그 사내와,

구보는, 일찍이, 인사를 한 일이 있었다. 그러나, 그것은
공교롭게 어두운 거리에서였다. 한 벗이 그를 소개하였
다. 말씀은 많이 들었습니다, 하고 그는 말하였었다. 사

the dearth of his knowledge, he was dumbfounded.

A young man passed suddenly into Kubo's line of sight. He came from the direction in which Kubo is walking. He seems familiar. Someone Kubo should definitely recognize. Finally, the distance between the two is reduced to less than six feet. Kubo sees in the man's face one of his old childhood buddies. The good old days. A good old friend. They haven't seen each other since elementary school. Kubo even manages to extract the name of his friend from memory.

His old friend has had a hard life. He looks so shabby in his ramie overcoat, white rubber shoes, and straw hat—the hat is the only new thing on him. Kubo hesitates. *Should I pass without noticing him?* The old friend seems to have clearly recognized him, and he seems to be afraid of Kubo noticing him. At the last moment, just as the two are passing each other, Kubo musters his courage.

"Long time no see, Mr. Yu."

His friend blushes.

"Yeah, it's been a while."

"Have you been in Seoul all this time?"

"Yes."

"Where have you been hiding?"

실 그는 구보의 이름과 또 얼굴을 전부터 알고 있었던 것임에 틀림없었다. 그러나 구보는, 구보는 그를 몰랐다. 모른 채 어두운 곳에서 그대로 헤어져버린 구보는 뒤에 그를 만나도, 그를 그라고 알아내지 못하였다. 그 사내는 구보가 자기를 보고도 알은체 안 하는 것에 응당 모욕을 느꼈을 게다. 자기를 자기라 알고도 모르는 체하는 것이라 생각할 때, 그의 마음은 평온할 수 없었을 게다. 그러나 구보는, 구보는 몰랐고, 모르면 태연할 수 있다. 자기를 볼 때마다 황당하게, 또 불쾌하게 시선을 돌리는 그 사내를, 구보는 오직 괴이하게만 여겨왔다. 괴이하게만 여겨오는 동안은 그래도 좋았다. 마침내 구보가 그를 그라고 알아낼 수 있었을 때, 그것은 그의 마음에 암영(暗影)을 주었다. 그 뒤부터 구보는 그 사내와 시선이 마주치면, 역시 당황하게, 그리고 불안하게 고개를 돌리는 수밖에 없었다. 그것은 사람의 마음을 우울하게 해놓는다. 구보는 다방 안의 한 구획을 그의 시야 밖에 두려 노력하며, 사람과 사람 사이의 교섭의 번거로움을 새삼스러이 느끼지 않으면 안 된다.

구보는 백동화를 두 푼, 탁자 위에 놓고, 그리고 공책을 들고 그 안을 나왔다. 어디로―. 그는 우선 부청(府

Kubo manages to say no more than this. He feels depressed and wishes he could add something more. "Excuse me," his friend says and goes on his way.

Kubo stands a little longer, then resumes his walk, head low, hopelessly fending off tears.

A Little

joy is what Kubo decides to look for. For this purpose he decides to stroll through Namdaemun market. All he finds are a few baggage carriers squatting listlessly on both sides of the path, no wind blowing in.

Kubo feels lonely. He wants to go where there are people, where the crowds are lively. He sees Kyŏngsŏng Station ahead. There's certainly life there. The scent and feel of the ancient capital city. It's only proper that an urban novelist should be well acquainted with the gates of the city. But of course such professional conscientiousness isn't what's important. Kubo would be satisfied if he could escape his loneliness among the crowd in the third-class waiting room.

Yet that is just where loneliness dwells. The place

廳)[17] 쪽으로 향해 걸으며, 아무튼 벗의 얼굴을 보고 싶다, 생각하였다. 구보는 거리의 순서로 벗들을 마음속에 헤아려 보았다. 그러나 이 시각에 집에 있을 사람은 하나도 없을 듯싶었다. 어디로―. 구보는 한길 위에 서서, 넓은 마당 건너 대한문(大漢門)을 바라본다. 아동 유원지 유동의자(遊動椅子)[18]에라도 앉아서……. 그러나 그 빈약한, 너무나 빈약한 옛 궁전은, 역시 사람의 마음을 우울하게 해주는 것임에 틀림없었다.

구보가 다 탄 담배를 길 위에 버렸을 때, 그의 옆에 아이가 와 선다. 그는 구보가 다방에 놓아둔 채 잊어버리고 나온 단장을 들고 있었다. 고맙다. 구보는 그렇게도 방심한 제 자신을 쓰게 웃으며, 달음질해 다방으로 돌아가는 아이의 뒷모양을 이윽히 바라보고 있다가, 자기도 그 길을 되걸어갔다.

다방 옆 골목 안, 그곳에서 젊은 화가는 골동점을 경영하고 있었다. 구보는 그 방면에 대한 지식을 갖지 않는다. 그러나, 하여튼, 그것은 그의 취미에 맞았고, 그리고 기회 있으면 그 방면의 이야기를 듣고 싶다, 생각한다. 온갖 지식이 소설가에게는 필요하다.

그러나 벗은 점(店)에 있지 않았다.

is so packed with people that Kubo can't even find a seat to squeeze into, and yet there's no human warmth. These people are preoccupied with their own affairs. They do not exchange a word with the people sitting next to them, and should they happen to say something to each other, it's only to check the train schedule or something similar. They never ask anyone other than their travel companions to watch their luggage while they run to the restroom. Their distrustful eyes look weary and pathetic.

Establishing himself in a corner, Kubo looks at an old granny in front of him. Maybe she was the hired help in somebody's house. Now she's dragging her old frail body on a visit to her daughter who lives in an impoverished rural area. The palsied muscles of her face will never be smoothed out, not by any stroke of luck, and her cloudy eyes may never move again, not even if her daughter takes the best possible care of her. The middle-aged country gentleman next to her probably runs a small general store in his village. His shop likely carries silk fabrics, everyday goods, and everyday medicines. Soon he'll pick up the parcels next to him and proudly get on board. Kubo notices how the man is

"바로 지금 나가셨습니다."

그리고 기둥에 걸린 시계를 쳐다보며,

"한 십 분, 됐을까요."

점원은 덧붙여 말하였다.

구보는 골목을 전찻길로 향하여 걸어 나오며, 그 십 분이란 시간이 얼마만한 영향을 자기에게 줄 것인가, 생각한다.

한길 위에 사람들은 바쁘게 또 일 있게 오고 갔다. 구보는 포도 위에 서서, 문득, 자기도 창작을 위해 어디, 예(例)하면 서소문정 방면이라도 답사할까 생각한다. '모데로노로지오'[19]를 게을리 하기 이미 오래다.

그러나 그러한 생각과 함께 구보는 격렬한 두통을 느끼며, 이제 한 걸음도 더 옮길 수 없을 것 같은 피로를 전신에 깨닫는다. 구보는 얼마 동안을 망연히 그곳, 한길 위에 서 있었다……

얼마 있다,

구보는 다시 걷기로 한다. 여름 한낮의 뙤약볕이 맨머릿바람의 그에게 현기증을 주었다. 그는 그곳에 더 그

trying to keep his distance from the old woman. Kubo despises him. With an ounce each of intelligence and courage, this man of overflowing arrogance would have taken a seat in the first or second-class waiting room, his third-class ticket tucked safely away in his pocket.

Suddenly Kubo realizes that the man's face is swollen. He walks away from him. Nephritis. In addition, the man's face stirs up the unpleasant memory of Kubo's own chronic gastrectasia. He walks to a kiosk only to find himself once again face-to-face with a sick man. A forty-year-old laborer, goiter on his neck, protruding eyeballs, trembling hand—evidently he has Basedow's disease. Doesn't seem very conscious of hygiene. The seats on either side of him are empty, but people are not willing to sit on them. About ten feet away from the man, a young wife with a child on her back drops a peach while taking it from her basket. She sees it rolling toward the feet of the invalid but decides not to recover it.

Drawn to this small incident, Kubo opens his notebook. He notices a man in a linen suit with a turned-up collar standing by the door. The man is watching him suspiciously. Kubo is gloomy again;

렇게 서 있을 수 없다. 신경쇠약. 그러나 물론, 쇠약한 것은 그의 신경뿐이 아니다. 이 머리를 가져, 이 몸을 가져, 대체 얼마만한 일을 나는 하겠단 말인고—. 때마침 옆을 지나는 장년의, 그 정력가형 육체와 탄력 있는 걸음걸이에 구보는, 일종 위압조차 느끼며, 문득, 아홉 살 때에 집안 어른의 눈을 기어 『춘향전』을 읽었던 것을 뉘우친다. 어머니를 따라 일갓집에 갔다 와서, 구보는 저도 얘기책이 보고 싶다 생각하였다. 그러나 집안에서는 그것을 금했다. 구보는 남몰래 안잠자기에게 문의하였다. 안잠자기는 세책(貰冊)[20] 집에는 어떤 책이든 있다는 것과, 일 전이면 능히 한 권을 세내 올 수 있음을 말하고, 그러나 꾸중 들우. 그리고 다음에, 재밌긴 『춘향전』이 제일이지, 그렇게 그는 혼잣말을 하였었다. 한 분(分)의 동전과 한 개의 주발 뚜껑, 그것들이, 17년 전의 그것들이, 뒤에 온, 그리고 또 올, 온갖 것의 근원이었을지도 모른다. 자기 전에 읽던 얘기책들. 밤을 새워 읽던 소설책들. 구보의 건강은 그의 소년시대에 결정적으로 손상되었던 것임에 틀림없다……

변비. 요의빈수(尿意頻數).[21] 피로. 권태. 두통. 두중(頭重).[22] 두압(頭壓). 삼전정마(森田正馬) 박사의 단련요

he leaves hurriedly.

Two men are standing

in front of the ticket barrier. From their worn pana-
ma hats, ramie overcoats, yellow shoes, and empty
hands, Kubo confidently judges them to be unem-
ployed. Nowadays these jobless types are mostly
goldmine brokers. He looks around the waiting
room again. People like them could be seen here
and there. The Age of Goldmines.

Kubo emits a deep sigh. To search for gold, to
search for gold... this, too, is clearly an honest way
of life. Their lives might be more sincere than his,
which he spends wandering the streets aimlessly
with a walking stick in one hand and a notebook in
the other. Those countless mining offices scattered
throughout the downtown area. Stamp duty, a hun-
dred *wŏn*. Admission fee, five *wŏn*. Service fee, ten
wŏn. Guidance fee, eighteen *wŏn*... Registered min-
ing claims are seventy percent of Korea's land. Day
after day people get rich in an instant and subse-
quently lose everything. The Age of Goldmines.
Men of letters—critics and poets included—are
among the gold seekers. At one time Kubo thought

법…….[23] 그러한 것은 어떻든, 보잘것없는, 아니, 그 살풍경하고 또 어수선한 태평통(太平通)의 거리는 구보의 마음을 어둡게 한다. 그는 저, 불결한 고물상들을 어떻게 이 거리에서 쫓아낼 것인가를 생각하며, 문득, 반자[24]의 무늬가 눈에 시끄럽다고, 양지(洋紙)[25]로 반자를 발라버렸던 서해[26]도 역시 신경쇠약이었음에 틀림없었다고, 이름 모를 웃음을 입가에 띠어보았다. 서해의 너털웃음. 그것도 생각해 보면, 역시, 공허한, 적막한 음향이었다.

구보는 고인(故人)에게서 받은 『홍염(紅焰)』을, 이제도록 한 페이지도 들춰보지 않았던 것을 생각해 내고, 그리고 딱한 표정을 지었다. 그가 읽지 않은 것은 오직 서해의 작품뿐이 아니다. 독서를 게을리 하기 이미 3년. 언젠가 구보는 지식의 고갈을 느끼고 악연(愕然)[27]하였다.

갑자기 한 젊은이가 구보의 시야에 들어왔다. 그는 구보가 향해 걸어가고 있는 곳에서 왔다. 구보는 그를 어디서 본 듯싶었다. 자기가 마땅히 알아보아야만 할 사람인 듯싶었다. 마침내 두 사람의 거리가 한 칸통으로 단축되었을 때, 문득 구보는 어린 시절을 회상하고, 그

of visiting his friend's mine and recording details for his own writing. Speculative minds, the dreadful power of gold—he wanted to see and feel such things. Yet the most severe cases of gold fever were to be found in the Government-General Building, in the highest offices of the Oriental Development Company, and in the reading room of the Mining Bureau...

Suddenly, a man with a smile on his round, vulgar face, extends a shapeless hand to Kubo. He, too, could be called a friend. A slow-witted classmate from junior high school. Kubo almost smiles as he reaches out his hand awkwardly, walking stick still in it. How long has it been? Are you going somewhere? Yes, I am. And *chane*, he asks in Korean?

Kubo always feels irritated when a mere acquaintance addresses him as *chane*. An imperative verb is more tolerable than the condescending second-person pronoun. The man takes out a gold watch from his pocket. He looks at Kubo. "Why don't we have tea?" the man suggests. The second son of a pawnshop owner, Kubo has no intention of drinking tea with such a man. Yet, he has not enough nerve to make up an excuse to turn down the invitation. The man takes the lead. "Well then—let's go

리고 그곳에 옛 동무를 발견한다. 그리운 옛 시절. 그리운 옛 동무. 그들은 보통학교를 나온 채 이제도록 한 번도 못 만났다. 그래도 구보는 그 동무의 이름까지 기억 속에서 찾아낸다.

그러나 옛 동무는 너무나 영락하였다. 모시 두루마기에 흰 고무신, 오직 새로운 맥고모자[28]를 쓴 그의 행색은 너무나 초라하다. 구보는 망설거린다. 그대로 모른 체하고 지날까. 옛 동무는 분명히 자기를 알아본 듯싶었다. 그리고, 구보가 자기를 알아볼 것을 두려워하는 듯싶었다. 그러나 마침내 두 사람이 서로 지나치는, 그 마지막 순간을 포착하여, 구보는 용기를 내었다.

"이거 얼마 만이야, 유군."

그러나 벗은 순간에 약간 얼굴조차 붉히며,

"네, 참 오래간만입니다."

"그동안 서울에, 늘, 있었어."

"네."

구보는 다음에 간신히,

"어째서 그렇게 뵈올 수 없었에요."

한마디를 하고, 그리고 서운한 감정을 맛보며, 그래도 또 무슨 말이든 하고 싶다 생각할 때, 그러나 벗은, 그만

over there!" But he is not just addressing Kubo.

Kubo sees a woman following behind. One glance is enough to reveal that she is his lover. Since when does this kind of man care about love? He notices again the man's vulgar face. But then this is an age when even sentimental poets are becoming gold maniacs.

The man sits down casually. "Calpis for me," he says to the waitress, "You too?" he asks Kubo. Kubo hurries to shake his head. "Tea or coffee for me." Kubo is not fond of calpis. The milky drink has an obscene color. Also, the taste doesn't agree with him. Sipping his tea, Kubo suddenly wonders, wouldn't it be possible to figure out a person's character, taste, and education level from the drinks he orders in a teahouse? Drinks can also express passing moods.

Kubo plans to conduct research on this subject someday as he responds casually to the coarse stories of the man sitting with him.

To Wŏlmi Island

They seemed to be going on a picnic. Kubo steps out of the station. If they leave at this hour, he

실례합니다. 그렇게 말하고, 그리고 구보의 앞을 떠나, 저 갈 길을 가버린다.

구보는 잠깐 그곳에 섰다가 다시 고개 숙여 걸으며 울 것 같은 감정을 스스로 억제하지 못한다.

조그만

한 개의 기쁨을 찾아, 구보는 남대문을 안에서 밖으로 나가보기로 한다. 그러나 그곳에는 불어드는 바람도 없이, 양옆에 웅숭그리고 앉아 있는 서너 명의 지게꾼들의 그 모양이 맥없다.

구보는 고독을 느끼고, 사람들 있는 곳으로, 약동하는 무리들의 있는 곳으로, 가고 싶다 생각한다. 그는 눈앞에 경성역을 본다. 그곳에는 마땅히 인생이 있을 게다. 이 낡은 서울의 호흡과 또 감정이 있을 게다. 도회의 소설가는 모름지기 이 도회의 항구와 친해야 한다. 그러나 물론 그러한 직업의식은 어떻든 좋았다. 다만 구보는 고독을 삼등 대합실 군중 속에 피할 수 있으면 그만이다.

그러나 오히려 고독은 그곳에 있었다. 구보가 한옆에

thinks, they'll stay overnight at least. He imagines the man's face as even uglier now. He imagines him grinning lewdly and wantonly caressing the woman's naked body. Kubo feels nauseous.

The woman was certainly pretty. More attractive perhaps than the women Kubo has so far found beautiful. Furthermore, she was sensible enough to turn down the man's recommendation of calpis and order a bowl of ice cream instead.

Kubo wonders why such a woman would want to love such a man, or why she allows him to love her. It must be the gold. Women easily find happiness in gold. Pitying her and resenting her, Kubo is suddenly seized with envy of the man's wealth. Money, in fact, would be wasted on such a man. He would stuff himself with rich delicacies, enjoy plump whores, and proudly show off his gold watch to everybody.

Kubo smacks his lips, imagining for a brief moment that the money the man throws about is actually his. He rebukes himself immediately. Since when have I been so obsessed with money? He knocks the toes of his shoes with his walking stick, crosses the streetcar tracks quickly and is soon striding along the pavement.

끼여 앉을 수도 없게시리 사람들은 그곳에 빽빽하게 모여 있어도, 그들의 누구에게서도 인간 본래의 온정을 찾을 수는 없었다. 그네들은 거의 옆의 사람에게 한마디 말을 건네는 일도 없이, 오직 자기네들 사무에 바빴고, 그리고 간혹 말을 건네도, 그것은 자기네가 타고 갈 열차의 시각이나 그러한 것에 지나지 않았다. 그네들의 동료가 아닌 사람에게 그네들은 변소에 다녀올 동안의 그네들 짐을 부탁하는 일조차 없었다. 남을 결코 믿지 않는 그네들의 눈은 보기에 딱하고 또 가엾었다.

구보는 한구석에가 서서, 그의 앞에 앉아 있는 노파를 본다. 그는 뉘 집에 드난을 살다가[29] 이제 늙고 또 쇠잔한 몸을 이끌어, 결코 넉넉하지 못한 어느 시골, 딸네 집이라도 찾아가는지 모른다. 이미 굳어버린 그의 안면 근육은 어떠한 다행한 일에도 펴질 턱없고, 그리고 그의 몽롱한 두 눈은 비록 그의 딸의 그지없는 효양(孝養)[30]을 가지고도 감동시킬 수 없을지 모른다. 노파 옆에 앉은 중년의 시골 신사는 그의 시골서 조그만 백화점을 경영하고 있을 게다. 그의 점포에는 마땅히 주단 포목도 있고, 일용잡화도 있고, 또 흔히 쓰이는 약품도 갖추어 있을 게다. 그는 이제 그의 옆에 놓인 물품을 들

The woman was certainly pretty and... Kubo wonders if she gave herself to the man a long time ago. The mere thought upsets him. Ultimately, she is far from being sensible. On second thought, something in her reeks of indecency. Her figure has no grace. She is only somewhat pretty.

However, her easy smiles for the man need not cause Kubo to underestimate her. The man enjoys her body, the woman consumes his gold; they may both be happy enough. Happiness is very subjective...

Kubo arrived at the Chosŏn Bank. Feeling as he does now, he doesn't want to go home. So where to now? He is beset again by loneliness and fatigue. "Shine your shoes!" Kubo gazes at the cobbler in astonishment. The cobbler apparently scrutinizes people's shoes and invariably finds fault with them, however minor the fault. Kubo walks on. Has the cobbler any right to criticize someone's shoes? Kubo curses all kinds of street irritations. Suddenly he senses the danger of being out alone at a time like this. Anyone will do. A friend might cheer him up a bit. Or at least make him pretend to be cheerful.

At last, a friend comes to mind, and Kubo phones

고 자랑스러이 차에 오를 게다. 구보는 그 시골 신사가 노파와 사이에 되도록 간격을 가지려고 노력하는 것을 발견하고, 그리고 그를 업신여겼다. 만약 그에게 얕은 지혜와 또 약간의 용기를 주면 그는 삼등 승차권을 주머니 속에 간수하고 일이등 대합실에 오만하게 자리 잡고 앉을 게다.

문득 구보는 그의 얼굴에 부종(浮腫)을 발견하고 그의 앞을 떠났다. 신장염. 그뿐 아니라, 구보는 자기 자신의 만성 위확장을 새삼스러이 생각해 내지 않으면 안 되었다. 그러나 구보가 매점 옆에까지 갔었을 때, 그는 그곳에서도 역시 병자를 보지 않으면 안 되었다. 40여 세의 노동자. 전경부(前頸部)[31]의 광범한 팽륭(澎隆).[32] 돌출한 안구. 또 손의 경미한 진동. 분명한 '바세도우'씨병.[33] 그것은 누구에게든 결코 깨끗한 느낌을 주지는 못한다. 그의 좌우에는 좌석이 비어 있어도 사람들은 그곳에 앉으려 들지 않는다. 뿐만 아니라, 그에게서 두 칸통 떨어진 곳에 있던 아이 업은 젊은 아낙네가 그의 바스켓 속에서 꺼내다 잘못하여 시멘트 바닥에 떨어뜨린 한 개의 복숭아가 굴러 병자의 발 앞에까지 왔을 때, 여인은 그것을 쫓아와 집기를 단념하기조차 하였다.

him from a tailor's shop. Fortunately, the friend is still at his office. Just about to leave, he says.

Kubo begs him to come to the teahouse, fumbling a moment for something to say, then growing anxious lest the other hang up the phone. He falters momentarily.

"Please, come right away," he adds.

Fortunately

the teahouse is not too crowded when he gets back. And when he looks around—self-consciously—remembering the friend who is not a friend, he realizes that he has already gone. Kubo sits close to the counter. He is developing a fondness for this teahouse, which is now playing Schipa's *Ahi Ahi Ahi*.[13] If it were allowed, he would swap his cane chair for an armchair and take a sweet nap. Were he to see the cobbler he saw earlier, he would be able to tolerate him without getting irritated.

In a far corner of the teahouse, a small puppy is licking the insipid shoe tips of a man who is munching toast. The man withdraws his foot, *shoo— shoo*—driving the puppy away. The dog wags its tail for a while, looks at the man's face, then turns

구보는 이 조그만 사건에 문득, 흥미를 느끼고, 그리고 그의 '대학노트'를 펴들었다. 그러나 그가 문 옆에 기대어 섰는 캡 쓰고 린네르 쓰메에리[34] 양복 입은 사내의, 그 온갖 사람에게 의혹을 갖는 두 눈을 발견하였을 때, 구보는 또다시 우울 속에 그곳을 떠나지 않으면 안 된다.

개찰구 앞에

두 명의 사내가 서 있었다. 낡은 파나마[35]에 모시 두루마기 노랑 구두를 신고, 그리고 손에 조그만 보따리 하나도 들지 않은 그들을, 구보는, 확신을 가져 무직자라고 단정한다. 그리고 이 시대의 무직자들은, 거의 다 금광 브로커에 틀림없었다. 구보는 새삼스러이 대합실 안 팎을 둘러본다. 그러한 인물들은, 이곳에도 저곳에도 눈에 띄었다.

　황금광시대(黃金狂時代).

　저도 모를 사이에 구보의 입술을 무거운 한숨이 새어 나왔다. 황금을 찾아, 황금을 찾아, 그것도 역시 숨김없는 인생의, 분명히, 일면이다. 그것은 적어도, 한 손에

around and goes to the next table. The young lady there is obviously afraid of the dog. With her legs curled up and the color draining from her face, she follows the dog's movements wide-eyed. The dog, still wagging its tail, seems able to recognize those who like him. He does not stay long but moves on to the next table. From where Kubo is sitting, it is hard to see this new table. He can't tell what kind of treatment the poor puppy is getting. The dog doesn't appear to achieve a satisfactory result. It moves away and rolls over on its side, its legs stretched out about six feet from Kubo, as if renouncing once and for all its search for man's love.

Loneliness seems to lurk in the pup's half-closed eyes, and with it, a renunciation of the world. The poor puppy! Kubo wants to let it know that at least one man in this place cares. It occurs to him that he has not yet expressed his love for the dog by stroking its head, or by letting it lick his hand, and so he holds out his hand to get its attention. It's normal to whistle in such cases, but Kubo doesn't know how to whistle. After a moment of reflection, he whispers *Come here,* just loud enough to be heard by the puppy.

Maybe it doesn't understand English.

단장(短杖)과 또 한 손에 공책을 들고, 목적 없이 거리로 나온 자기보다는 좀 더 진실한 인생이었을지도 모른다. 시내에 산재한 무수한 광무소(鑛務所).[36] 인지대 백 원. 열람비 오 원. 수수료 십 원. 지도대(地圖代) 십팔 전…… 출원 등록된 광구, 조선 전토(全土)의 칠 할. 시시각각으로 사람들은 졸부가 되고, 또 몰락해 갔다. 황금광시대. 그들 중에는 평론가와 시인, 이러한 문인들조차 끼어 있었다. 구보는 일찍이 창작을 위해 그의 벗의 광산에 가보고 싶다 생각하였다. 사람들의 사행심, 황금의 매력, 그러한 것들을 구보는 보고, 느끼고, 하고 싶었다. 그러나, 고도의 금광열은, 오히려, 총독부 청사, 동측 최고층, 광무과(鑛務課) 열람실에서 볼 수 있었다……

문득, 한 사내가 둥글넓적한, 그리고 또 비속한 얼굴에 웃음을 띠고, 구보 앞에 그의 모양 없는 손을 내민다. 그도 벗이라면 벗이었다. 중학 시대의 열등생. 구보는 그래도 약간 웃음에 가까운 표정을 지어 보이고, 그리고, 단장 든 손을 그대로 내밀어 그의 손을 가장 엉성하게 잡았다. 이거 얼마 만이야. 어디, 가나. 응, 자네는—.

구보는 친하지 않은 사람에게 '자네' 소리를 들으면 언

The dog lifts its head, looks at Kubo, then drops its head again, as if not at all interested. Kubo leans forward once more, says *Come here* a bit louder this time, but in as coaxing a voice as possible and follows up with the equivalent Korean, *Iri on!* All the puppy does is repeat its previous motions, opening its mouth this time in what appears to be a yawn and then closing its eyes.

Kubo grows anxious, angry even, but he suppresses his feelings. This time, he goes so far as to leave his chair to caress the puppy's head. The startled puppy jumps up before he can touch it, confronts him in a hostile pose, barks—*ruff ruff*, and, scared by its own barking, dashes off behind the counter.

Kubo blushes despite himself. Cursing the dog's fickleness, he wipes his face with a handkerchief, although he is not sweating. He feels slightly angry at his friend who has not shown up yet despite all his pleading.

At Length

the friend arrived. Earlier Kubo contemplated accusing his friend of being late, but now his face

제든 불쾌하였다. '해라'는, 해라는 오히려 나왔다. 그 사내는 주머니에서 금시계를 꺼내 보고, 다음에 구보의 얼굴을 쳐다보며, 저기 가서 차라도 안 먹으려나. 전당포집의 둘째 아들. 구보는 그러한 사내와 자리를 같이해 차를 마실 생각은 없었다. 그러나, 그러한 경우에 한 개의 구실을 지어, 그 호의를 사절할 수 있도록 구보는 용감하지 못하다. 그 사내는 앞장을 섰다. 자아 그럼 저리로 가지. 그러나 그것은 구보에게만 한 말이 아니었다.

구보는 자기 뒤를 따라오는 한 여성을 보았다. 그는 한번 흘낏 보기에도, 한 사내의 애인 된 티가 있었다. 어느 틈엔가 이런 자도 연애를 하는 시대가 왔다. 새삼스러이 그 천한 얼굴이 쳐다보였으나, 그러나 서정 시인조차 황금광으로 나서는 때다.

의자에 가 가장 자신 있이 앉아, 그는 주문 들으러 온 소녀에게, 나는 가루삐스.[37] 그리고 구보를 향해, 자네 두 그걸루 하지. 그러나 구보는 거의 황급하게 고개를 흔들고, 나는 홍차나 커피로 하지.

음료 칼피스를, 구보는, 좋아하지 않는다. 그것은 외설한 색채를 갖는다. 또, 그 맛은 결코 그의 미각에 맞지

beams a welcome. In fact, he now feels happy to have a friend.

The friend is a poet, one with quite a robust physique who works as a journalist in the local news section of a newspaper. There were times when this saddened Kubo. Still, sitting with him makes Kubo feel somewhat lighter at heart.

"Soda for me, please."

The friend likes to order soda. Kubo always finds this funny. But of course there's nothing offensive about this.

Like a schoolgirl the friend may always order soda in a teahouse, but he has a great passion for the development of Korean literature. That twice a day a man like him has to visit Jongno Police Station, the provincial government and the post office, is perhaps a tragedy of the times. With a pen meant for poetry, he has to write run-of-the-mill articles on murderers, robbers, and pyromaniacs. So when he has free time, he pours out his repressed passion for literature.

Today's talk is mostly about Kubo's latest novel. He is one of Kubo's regular readers. And one of his fans, too, someone who enjoys commenting on Kubo's books. Despite the friend's good will, Kubo

않았다. 구보는 차를 마시며, 문득, 끽다점(喫茶店)[38]에서 사람들이 취하는 음료를 가져, 그들의 성격, 교양, 취미를 어느 정도까지는 알 수 있을 것이 아닌가, 하고 생각해 본다. 그리고 그것은 동시에, 그네들의 그때, 그때의 기분조차 표현하고 있을 게다.

구보는 맞은편에 앉은 사내의, 그 교양 없는 이야기에 건성 맞장구를 치며, 언제든 그러한 것을 연구해 보리라 생각한다.

월미도로

놀러가는 듯싶은 그들과 헤어져, 구보는 혼자 역 밖으로 나온다. 이러한 시각에 떠나는 그들은 적어도 오늘 하루를 그곳에서 묵을 게다. 구보는, 문득, 여자의 발가숭이를 아무 거리낌 없이 애무할 그 남자의, 야비한 웃음으로 하여 좀 더 추악해진 얼굴을 눈앞에 그려보고, 그리고 마음이 편안하지 못했다.

여자는, 여자는 확실히 어여뻤다. 그는, 혹은, 구보가 이제까지 어여쁘다고 생각해 온 온갖 여인들보다도 좀 더 어여뻤을지도 모른다. 그뿐 아니다. 남자가 같이 '가

does not trust his opinion much. Once, after reading what was only a mediocre piece, the friend presumed that he knew everything about Kubo.

Today, however, Kubo has no choice but listen. The friend points out that in the latest novel, the writer appears much older than Kubo. That's not all. The friend judges that the writer is not really old but just pretends to be. That's possible. Kubo may have this tendency. On second thoughts, Kubo should be pleased that the friend found the inflated age merely a disguise, not a sign of actual senility.

Maybe Kubo is unable to be youthful in his fiction. If he tried to be young, his friend would say he is assuming an unnatural pose. And that would certainly hurt Kubo's feelings. Kubo finds the topic boring. Without realizing it, he turns the conversation to the question of "the five apples." Say we have five apples, in what order should we eat them? Three strategies immediately present themselves. Start with the most delicious. That would give us the satisfaction of thinking we are always eating the tastiest of the bunch. But ultimately wouldn't that land us in misery? Better start with the least delicious. A gradually improving taste. But that means we are always eating the worst of the bunch.

루뻬스'를 먹자고 권하는 것을 물리치고, 한 접시의 아이스크림을 지망할 수 있도록 여자는 총명하였다.

문득, 구보는, 그러한 여자가 왜 그자를 사랑하려 드나, 또는 그자의 사랑을 용납하는 것인가 하고, 그런 것을 괴이하게 여겨본다. 그것은, 그것은 역시 황금 까닭일 게다. 여자들은 그렇게도 쉽사리 황금에서 행복을 찾는다. 구보는 그러한 여자를 가엾이, 또 안타깝게 생각하다가, 갑자기 그 사내의 재력을 탐내 본다. 사실, 같은 돈이라도 그 사내에게 있어서는 헛되이, 그리고 또 아깝게 소비되어버릴 게다. 그는 날마다 기름진 음식이나 실컷 먹고, 살찐 계집이나 즐기고, 그리고 아무 앞에서나 그의 금시계를 꺼내 보고는 만족해할 게다.

일순간, 구보는, 그 사내의 손으로 소비되어 버리는 돈이, 원래 자기의 것이나 되는 것같이 입맛을 다셔보았으나, 그 즉시, 그러한 제 자신을 픽 웃고, 내가 언제부터 이렇게 돈에 걸신이 들렸누…… 단장 끝으로 구두코를 탁 치고, 그리고 좀 더 빠른 걸음걸이로 전차선로를 횡단해, 구보는 포도 위를 걸어갔다.

그러나 여자는, 확실히 어여뻤고, 그리고 또…… 구보는, 갑자기, 그 여자가 이미 오래전부터 그자에게 몸

The third option is to forget strategy; choose indiscriminately.

By introducing this irrelevant, playful question, Kubo baffles the friend sitting across from him, who busily quotes André Gide to back up his ideas on literature. The friend wonders what possible connection the five apples could have with literature. He says he never thought of such a problem before.

"So... what about it?"

"Nothing comes to mind."

And for the first time today Kubo laughs a lively, or at least an apparently lively, laugh.

Suddenly

a child is heard crying in the street outside the window. It's a child alright, but the voice is more animal than human. Kubo pays no attention to his friend's oration on *Ulysses*. Someone has given birth to yet another child of sin, he thinks.

Kubo once had a poor friend. The friend had many childhood misfortunes, suffered all kinds of hardships, experiences that made him exceptionally generous. He was more or less Kubo's friend, but

을 허락해 온 것이나 아닐까, 생각하였다. 그것은 생각
만 해볼 따름으로 그의 마음을 언짢게 하여준다. 역시,
여자는 결코 총명하지 못했다. 또 생각하여보면, 어딘
지 모르게 저속한 맛이 있었다. 결코 기품 있는 인물은
아니다. 그저 좀 예쁠 뿐…….

그러나 그 여자가 그자에게 쉽사리 미소를 보여주었
다고 새삼스러이 여자의 값어치를 깎을 필요는 없었다.
남자는 여자의 육체를 즐기고, 여자는 남자의 황금을
소비하고, 그리고 두 사람은 충분히 행복일 수 있을 게
다. 행복이란 지극히 주관적의 것이다…….

어느 틈엔가, 구보는 조선은행 앞에까지 와 있었다.
이제 이대로, 이대로 집으로 돌아갈 마음은 없었다. 그
러면, 어디로―. 구보가 또다시 고독과 피로를 느꼈을
때, 약칠해 신으시죠 구두에. 구보는 혐오의 눈을 가져
그 사내를, 남의 구두만 항상 살피며, 그곳에 무엇이든
결점을 잡아내고야 마는 그 사내를 흘겨보고, 그리고
걸음을 옮겼다. 일면식도 없는 나의 구두를 비평할 권
리가 그에게 있기라도 하단 말인가. 거리에서 그에게
온갖 종류의 불유쾌한 느낌을 주는, 온갖 종류의 사물
을 저주하고 싶다, 생각하며, 그러나, 문득, 구보는 이러

he had one most unfortunate human failing. Were Kubo with him now, Kubo would proffer an aphorism such as "Love much, regret much." But this was merely rhetoric, for his friend's uncontrolled sexual urges seemed pathetic to everyone. From time to time Kubo even doubted his friend's taste in women. Things were alright for a while. Then tragedy struck. The friend took to a woman neither beautiful nor intelligent, and the woman thought of him as her one true love. And so the seeds of misfortune were sown. One evening, as the woman was sitting beside him, blushing considerably, she confessed that now she had more than herself to think of. By then, though, he had lost almost all affection for her. She had wanted to know the joys of motherhood and foolishly believed she could secure his love through a child. But he only resented this, and maybe even hated her, already a mother, because now he had to take responsibility for her.

The woman seemed not to have noticed his change of heart. Besides, even if she had taken it into account, at this stage she probably didn't have a choice. With a one-year-old baby in her arms, she traveled to Seoul, looking for him. But there was no happy ending awaiting mother and child.

한 때, 이렇게 제 몸을 혼자 두어 두는 것에 위험을 느낀다. 누구든 좋았다. 벗과, 벗과 같이 있을 때, 구보는 얼마쯤 명랑할 수 있었다. 혹은, 명랑을 가장할 수 있었다.

마침내, 그는 한 벗을 생각해 내고, 길가 양복점으로 들어가 전화를 빌렸다. 다행하게도 벗은 아직 사(社)에 남아 있었다. 바로 지금 나가려던 차야 하고, 그는 말했다.

구보는 그에게 부디 다방으로 와주기를 청하고, 그리고 잠깐 또 할 말을 생각하다가, 저편에서 전화를 끊어 버릴 것을 염려하여 당황하게 덧붙여 말했다.

"꼭 좀, 곧 좀, 오―."

다행하게도

다시 돌아간 다방 안에, 사람들은 많지 않았다. 또, 문득, 생각하고 둘러보아, 그 벗 아닌 벗도 그곳에 있지 않았다. 구보는 카운터 가까이 자리를 잡고 앉아, 마침, 자기가 사랑하는 '스키퍼'의 「아이 아이 아이」[39]를 들려주는 이 다방에 애정을 갖는다. 그것이 허락받을 수 있는 것이라면 그는 지금 앉아 있는 등의자를 안락의자로 바

The friend had a wife, to whom he had been married a long time, and compared with her, the newcomer was a distant second in everything. A quick comparison between the children made this especially poignant. This poor bastard had a huge body, quite disproportionate to its age, and an idiotic face, too.

All this might have been tolerable. But when people heard the baby crying, they couldn't help feeling a strange revulsion. The cry was inhuman. It sounded as if a god, furious with their (particularly his) sin, were condemning their (particularly his) sin through the child's eerie voice, casting an eternal curse...

Kubo's attention wanders back to his friend's discussion of *Ulysses*. One should of course admire this new experiment by James Joyce. Still, novelty alone is not a just cause for praise. Just as the friend is about to mount a protest, Kubo rises from his chair, touches his friend's shoulder and says, "Let's go."

When they step outside, the sun is setting. Kubo takes in the serenity of the street at this hour and turns to the friend.

"Where should we go?"

꾸어, 감미한 오수(午睡)[40]를 즐기고 싶다, 생각한다. 이
제 그는 그의 앞에, 아까의 신기료 장수를 보더라도, 고
요한 마음을 가져 그를 용납해줄 수 있을 게다.

조그만 강아지가, 저편 구석에 앉아, 토스트를 먹고
있는 사내의 그리 대단하지도 않은 구두코를 핥고 있었
다. 그 사내는 발을 뒤로 무르며, 쉬쉬 강아지를 쫓았다.
강아지는 연해 꼬리를 흔들며 잠깐 그 사내의 얼굴을
쳐다보다가, 돌아서서 다음 탁자 앞으로 갔다. 그곳에
앉아 있는 젊은 여자는, 그는 확실히 개를 무서워하는
듯싶었다. 다리를 잔뜩 웅크리고 얼굴빛조차 변해 가지
고, 그는 크게 뜬 눈으로 개의 동정만 살폈다. 개는 여전
히 꼬리를 흔들며 그러나, 저를 귀해 주고 안 해주는 사
람을 용하게 가릴 줄이나 아는 듯이, 그곳에 오래 머무
르지 않고, 또 옆 탁자로 갔다. 그러나 구보가 앉아 있는
자리에서는 그곳이 잘 안 보였다. 어떠한 대우를 그 가
엾은 강아지가 그곳에서 받았는지 그는 모른다. 그래도
어떻든 만족한 결과는 아니었던 게다. 강아지는 다시
그곳을 떠나, 이제는 사람들의 사랑을 구하기를 아주
단념이나 한 듯이 구보에게서 한 칸통쯤 떨어진 곳에
가 네 발을 쭉 뻗고 모로 쓰러져 버렸다.

"Home," the friend answers without a moment's hesitation. Kubo feels at a loss. Who should he spend the rest of the evening with?

By Streetcar

the friend was already on his way home. Not home. An inn. Did he have to leave now to make it back in time for dinner, to an inn where nobody's waiting except his host family? If it's just a matter of not missing dinner...

"What are you going to do at home?"

That, of course, was a silly question. A man with a "life" should naturally dine at home. Compared with Kubo, the friend really did have a life.

After being tied up all day with the affairs of the world, he could now enjoy some quiet hours alone after dinner, reading and writing. Kubo can't share in this pleasure.

Shortly thereafter, Kubo stands at Jongno intersection, gazing at the twilight, as well as at the loose women who usually appear on the streets at this hour. They are out in force again today, with all their usual indiscretion. Night is falling fast, and night belongs to them. Kubo looks down at the

강아지의 반쯤 감은 두 눈에는 고독이 숨어 있는 듯싶었다. 그리고 그와 함께, 모든 것에 대한 단념도 그곳에 있는 듯싶었다. 구보는 그 강아지를 가엾다, 생각한다. 저를 사랑하는 사람이 단 한 사람일지라도 이 다방안에 있음을 알려주고 싶다, 생각한다. 그는, 문득, 자기가 이제까지 한 번도 그의 머리를 쓰다듬어 준다거나, 또는 그가 핥는 대로 손을 맡기어 둔다거나, 그러한 그에 대한 사랑의 표현을 한 일이 없었던 것을 생각해 내고, 손을 내밀어 그를 불렀다. 사람들은 이런 경우에 휘파람을 분다. 그러나 원래 구보는 휘파람을 안 분다. 잠깐 궁리하다가, 마침내 그는 개에게만 들릴 정도로 "캄, 히어" 하고 말해 본다.

강아지는 영어를 해득(解得)하지 못하는지도 모른다. 머리를 들어 구보를 쳐다보고, 그리고 아무 흥미도 느낄 수 없는 듯이 다시 머리를 떨어뜨렸다. 구보는 의자밖으로 몸을 내밀어, 조금 더 큰 소리로, 그러나 한껏 부드럽게, 또 한 번, "캄, 히어" 그리고 그것을 번역하였다. "이리 온." 그러나 강아지는 먼젓번 동작을 또 한 번 되풀이하였을 따름, 이번에는 입을 벌려 하품 비슷한 짓을 하고, 아주 눈까지 감는다.

pavement and steals glances at a variety of splendid and not so splendid legs. How perilously they walk! Not all of them are new to high heels, and yet they all walk in the most clumsy and unnatural fashion. One is certainly justified in calling them "the precarious."

But, of course, they aren't aware of this. They're not aware of how unsteady their footsteps are in the world. Not one has a firm goal in life; ignorance blinds them to their common instability.

But what resounds on the pavement is not just the rickety heels of their shoes. The toes of all who have a life are heading home. Home, home, they are so happily walking in search of supper and family faces. Some rest after the daily grind. Takuboku's *haiku* flows from Kubo's lips.

The sorrow of everyone with a home—
like entering a grave
they return home to sleep

Not that such a sentiment really applies to Kubo on the twilit street. He doesn't have to go home yet. And small as Seoul is, there are still streets for him to roam till late, still places to visit.

구보는 초조와, 또 일종 분노에 가까운 감정을 맛보며, 그래도 그것을 억제하고 이번에는 완전히 의자에서 떠나, 그의 머리를 쓰다듬어주려 하였다. 그러나 그보다도 먼저 강아지는 진저리치게 놀라, 몸을 일으켜, 구보에게 향하여 적대적 자세를 취하고, 캥, 캐캥 하고 짖고, 그리고, 제풀에 질겁을 하여 카운터 뒤로 달음질쳐 들어갔다.

구보는 저도 모르게 얼굴을 붉히고, 그 강아지의 방정맞은 성정(性情)을 저주하며, 수건을 꺼내어, 땀도 안 난 이마를 두루 씻었다. 그리고, 그렇게까지 당부하였건만, 곧 와주지 않는 벗에게조차 그는 가벼운 분노를 느끼지 않으면 안 된다.

마침내

벗이 왔다. 그렇게 늦게 온 벗을 구보는 책망할까 하고 생각하여 보았으나, 그보다 먼저 진정 반가워하는 빛이 그의 얼굴에 떠올랐다. 사실, 그는, 지금 벗을 가진 몸의 다행함을 느낀다.

그 벗은 시인이었음에도 불구하고, 극히 건장한 육체

Twilight... with whom... Kubo starts to walk, almost confident now. He has a friend. A friend with whom to spend the rest of the evening. He passes Jongno Police Station and steps into a small, white teahouse.

The owner is out. Kubo turns around; he is filled with regret. Why didn't I make an appointment? Just then the young clerk says, as if it has just dawned on him, "Oh, the master said he'd be back soon, he said a visitor could wait for him." 'A visitor' might refer to a specific person. Maybe this friend won't be able to keep Kubo company. Still, one must have hope, and Kubo, who has no other friend to call on, has no choice but to sit there and wait for his friend's return.

A Young Man Is Sitting

with a woman, close to the music box. He seems to be very proud and happy to be sipping tea with a girl who is not a prostitute. His body is healthy, his suit elegant, and his woman is smiling so readily at him that Kubo can't help but feel slightly jealous. There's more. The young man seems to be shamelessly proud of his *ŭndan* pill-box and Roto eye-

와 또 먹기 위하여 어느 신문사 사회부 기자의 직업을 가지고 있었다. 그것이 때로 구보에게 애달픔을 주지 않는 것은 아니다. 그래도, 그래도 그와 대하여 있으면, 구보는 마음속에 밝음을 가질 수 있었다.

"나, 소오다스이[41]를 다우."

벗은, 즐겨 음료 조달수(曹達水)[42]를 취하였다. 그것은 언제든 구보에게 가벼운 쓴웃음을 준다. 그러나 물론 그것은 적어도 불쾌한 감정은 아니다.

다방에 들어오면, 여학생이나 같이, 조달수를 즐기면서도, 그래도 벗은 조선 문학 건설에 가장 열의를 가지고 있었다. 그러한 그가 하루에 두 차례씩, 종로서와, 도청과, 또 체신국엘 들르지 않으면 안 되었던 것은 한 개의 비참한 현실이었을지도 모른다. 마땅히 시를 초(草)해야만 할 그의 만년필을 가져, 그는 매일같이 살인강도와 방화 범인의 기사를 쓰지 않으면 안 되었다. 그래 이렇게 제 자신의 시간을 가지면 그는 억압당하였던, 그의 문학에 대한 열정을 쏟아놓는다.

오늘은 주로 구보의 소설에 대해서였다. 그는, 즐겨 구보의 작품을 읽는 사람의 하나이다. 그리고, 또, 즐겨 구보의 작품을 비평하려 드는 독지가(篤志家)였다. 그러

wash.[14] Kubo genuinely envies his superficiality.

A twilight melancholy loneliness may be mixed in with these sentiments. Kubo is aware that his facial expression must be far too gloomy. It is fortunate, he thinks, that the place has no mirror. A poet once referred to Kubo's current state of mind as "bachelor's blues." Though at first glance this seems right, it's not quite that simple. For a long time now, Kubo has been unwilling to seek new love and has depended on the good will of friends.

Without Kubo noticing, the woman and the lucky guy have disappeared. The night air wafts in and out of the teahouse. *Now where should I go?* Kubo realizes he has forgotten the friend he's waiting for. He smiles wryly. This slip-up is definitely more pathetic than when he felt weary and lonely with the woman he loved sitting in front of him.

A new thought lights up Kubo's eyes. What ever became of her? Memory, good or bad, calms the heart, inspires joy.

It happened one autumn in Tokyo. After buying a new nail clippers in a hardware store in Kanda, Kubo visited his favorite teahouse at Jimbocho. This time he definitely had not stopped for tea or relaxation. He stopped for the sole purpose of trying

나, 그의 그러한 후의(厚意)에도 불구하고, 구보는 자기 작품에 대한 그의 의견에 그다지 신용을 두고 있지 않았다. 언젠가, 벗은 구보의 그리 대단하지 않은 작품을 오직 한 개 읽었을 따름으로, 구보를 완전히 알 수나 있었던 것같이 생각하고 있는 듯싶었다.

오늘은, 그러나, 구보는 그의 말에 귀를 기울이지 않으면 안 된다. 벗은, 요사이 구보가 발표하고 있는 작품을 가리켜 작자가 그의 나이 분수보다 엄청나게 늙었음을 말했다. 그러나 그뿐이면 좋았다. 벗은 또, 작자가 정말 늙지는 않았고, 오직 늙음을 가장(假裝)하였을 따름이라고 단정하였다. 혹은 그럴지도 모른다. 구보에게는 그러한 경향이 있었을지도 모른다. 그리고 다시 돌이켜 생각하면, 그것이 오직 가장에 그치고, 그리고 작자가 정말 늙지 않았음은, 오히려 구보가 기꺼하여 마땅할 일일 게다.

그러나 구보는 그의 작품 속에서 젊을 수가 없었을지도 모른다. 그가 만약 구태여 그러려 하면, 벗은, 이번에는, 작자가 무리로 젊음을 가장하였다고 말할 게다. 그리고 그것은 틀림없이 구보의 마음을 슬프게 하여 줄게다……

out the nail clippers. A table in the farthest corner, a chair in the farthest corner. The setting of all those romances by popular writers. In this ill-lit place, Kubo stumbled upon a college notebook, on which was written "Ethics" and the family name, "Yim."

Picking it up was probably a sin of sorts. But that amount of curiosity is permissible to young men. Kubo, sitting where he couldn't be easily seen, opened the notebook and forgot all about clipping his nails.

Chap I. Introduction. ii. The Definition of Ethics. 2. Normative Science. Chap 2. Principal Argument. Object of Ethical Judgment. C Motivism and Consequentialism. Example 1. The Son of a Poor Family Steals to Support His Parents. 2. Charity to Gratify One's Vanity. Second Semester. 3. Elements of Personality Formation. 1. The Will to Believe...

And the following was written in pencil in the margins: 'But a sense of shame heightens a lover's ability to imagine.' 'Shame gives life over to love.' 'The first section of Stendhal's *De L'amour*...'—and then, without connection—'*All Quiet on the Western*

어느 틈엔가, 구보는 그 화제에 권태를 깨닫고, 그리고 저도 모르게 '다섯 개의 능금[林檎]'[43] 문제를 풀려 들었다. 자기가 완전히 소유한 다섯 개의 능금을 대체 어떠한 순차로 먹어야만 마땅할 것인가. 그것에는 우선 세 가지의 방법이 있을 게다. 그중 맛있는 놈부터 차례로 먹어가는 법. 그것은, 언제든, 그중에 맛있는 놈을 먹고 있다는 기쁨을 우리에게 줄 게다. 그러나 그것은 혹은 그 결과가 비참하지나 않을까. 이와 반대로, 그중 맛없는 놈부터 차례로 먹어가는 법. 그것은 점입가경(漸入佳境), 그러한 뜻을 가지고 있으나, 뒤집어 생각하면, 사람은 그 방법으로는 항상 그중 맛없는 놈만 먹지 않으면 안 되는 셈이다. 또 계획 없이 아무거나 집어먹는 법. 그것은…….

구보는, 맞은편에 앉아, 그의 문학론에, 앙드레 지드의 말을 인용하고 있던 벗을, 갑자기, 이 유민(遊民)다운 문제를 가져 어이없게 만들어 주었다. 벗은 대체, 그 다섯 개의 능금이 문학과 어떠한 교섭을 갖는가 의혹하며, 자기는 일찍이 그러한 문제를 생각하여본 일이 없노라 말하고,

"그래, 그것이 어쨌단 말이야."

106

Front. Yoshiiya Nobuko, Akutagawa Ryunosuke.'
'Where did you go yesterday?' 'Did you see *A Love Parade*...'

The owner of the teahouse had returned. "Ah, when did you get here? Have you been waiting long? Any good news?" Kubo gets up without answering, picks up his notebook and walking stick. "Let's go for dinner," he says, and he tries to resume his reverie on his little romance from the distant past.

Outside the Teahouse

as he walks with his friend toward Taech'angok restaurant, Kubo recalls the postcard between the leaves of the notebook. He had hesitated at first, but he couldn't pass up the opportunity; he knew he could find out where she lived. First of all, he was young, and the mystery was intriguing. That night Kubo immersed himself in all kinds of fiction fantasies. Next morning he tracked her down. Yaraicho, Ushigome-ku. Her boarding house was near Shinchosa where he worked. A kind-hearted landlady appeared and then disappeared; the owner of the notebook came to the door, and she was

"어쩌기는 무에 어째."

그리고 구보는 오늘 처음으로 명랑한, 혹은 명랑을 가
장한 웃음을 웃었다.

문득

창밖 길가에, 어린애 울음소리가 들린다. 그것은 울음
소리에는 틀림없었다. 그러나 어린애의 것보다는 오히
려 짐승의 소리에 가까웠다. 구보는 『율리시스』를 논하
고 있는 벗의 탁설(卓說)[44]에는 상관없이, 대체, 누가 또
죄악의 자식을 낳았누, 하고 생각한다.

가엾은 벗이 있었다. 그는, 어렸을 때부터 그렇게도
불행하였던 그는, 온갖 고생을 겪지 않으면 안 되었었
고, 또 그렇게 경난(經難)[45]한 사람이었던 까닭에, 벗과
의 사이에 있어서도 가장 관대한 품이 있었다. 그는 거
의 구보의 친우였다. 그러나, 그에게는 남자로서의 가
장 불행한 약점이 있었다. 그의 앞에서 구보가 말을 한
다면, '다정다한(多情多恨)',[46] 이러한 문자를 사용할 게
다. 그러나 그것은 한 개의 수식에 지나지 않았고, 그 벗
의 통제를 잃은 성 본능은 누가 보기에도 진실로 딱한

certainly... A beauty approaches from the direction Kubo and his friend are walking. She smiles at them and passes. A barmaid from the café next door to his friend's teahouse. The friend turns around and asks Kubo's opinion. "Isn't she pretty?" The girl has a beauty rare in women of her class. But *she* must have been more beautiful than this barmaid.

"Come on in."

"*Sŏllŏngt'ang* for two!" The woman blushed when Kubo took out the notebook and apologized for seeking her out. There seemed to be something more in that blush than a courtesy from a strange man. *Where did you go yesterday? Yoshiiya Nobuko.*[15] Kubo remembered her scribblings and smiled to himself. Across the table, his friend's hand with the soup-spoon stops in midair. He stares at Kubo. His eyes seem to ask Kubo what he's thinking about. To guard his secret, Kubo replies with a meaning-less smile. "Why don't you come in?" she had said. Her tone was calm, but her cheeks blushed as be-fitted a virgin. Kubo, taking up her offer, stopped and then asked suddenly, "Would you like to go for a walk..., that is, if you're free?" It was Sunday, and she had her Sunday dress on, apparently about to go somewhere. A popular novel should have quick

것임에 틀림없었다. 구보는, 왕왕이, 그 벗의 여성에 대한 심미안(審美眼)에 의혹을 갖기조차 하였다. 그러나 오히려 그러고 있는 동안은 좋았다. 마침내 비극이 왔다. 그 벗은, 결코 아름답지도 총명하지도 않은 한 여성을 사랑하고, 여자는 또 남자를 오직 하나의 사내라 알았을 때, 비극은 비롯한다. 여자가 어느 날 저녁 남자와 마주앉아, 얼굴조차 붉히고, 그리고 자기가 이미 홑몸이 아님을 고백하였을 때, 남자는 어느 틈엔가 그 여자에게 대하여 거의 완전히 애정을 상실하고 있었다. 여자는 어리석게도 모성(母性)됨의 기쁨을 맛보려 하였고, 그리고 남자의 사랑을 좀 더 확실히 포착할 수 있을 것 같이 생각하였다. 그러나 남자는 오직 제 자신이 곤경에 빠졌음을 한(恨)하고, 그리고 또 그 젊은 어미에게 대한 자기의 책임을 느끼지 않으면 안 되었던 까닭에, 좀 더 그 여자를 미워하였을지도 모른다.

여자는, 그러나, 남자의 변심을 깨닫지 못하였을지도 모른다. 또, 설혹, 그가 알 수 있었더라도, 역시, 그 수밖에 없었을지도 모른다. 여자는 돌도 안 된 아이를 안고, 남자를 찾아 서울로 올라왔다. 그러나 그곳에는 그들 모자를 위하여 아무러한 밝은 길이 없었다. 이미 반생

tempo. The previous day when Kubo picked up the ethics notebook, he had already become the hero—as well as the writer—of a popular novel. He even thought that should she turn out to be Christian, he'd be willing to go listen to a minister's boring sermon. She blushed again, but when Kubo said... "If you have other business?" she replied in haste—"No, just wait a second please," and she came out carrying a handbag. Encouraged by her apparent trust in him, Kubo said, "Well, have you been to the Musashino Theater this weekend?" He worried that, walking around with her like this, he must look like a good-for-nothing jobless type, and that if she were to succumb so easily to his seduction, it wouldn't be credible, not even in a popular novel. Kubo sniggered to himself. But even if she followed him readily, Kubo didn't want to think her frivolous. It can't be frivolousness. Kubo's self-esteem demanded that she be wise enough to find him trustworthy, even in their first encounter.

And so she was. As they were stepping out of the streetcar in front of the theater, Kubo had to pause for a moment, not to wait for her to get off first, but to accommodate a grinning foreign lady who was standing in front of him. His English teacher looked

을 고락을 같이해 온 아내가 남자에게는 있었고, 또 그와 견주어 볼 때, 이 가정의 틈입자는 어떠한 점으로든 떨어졌다. 특히 아이와 아이를 비해 볼 때 그러하였다. 가엾은 사생자는 나이 분수보다 엄청나게나 거대한 체구와, 또 치매적 안모(顏貌)[47]를 가지고 있었다.

그러나 그것만이라면, 오히려 좋았다. 한번 그 아이의 울음소리를 들을 수 있었을 때, 사람들은 가장 언짢고 또 야릇한 느낌을 갖지 않으면 안 되었다. 그것은 결코 사람의 아이의 울음이 아니었다. 그것은 그들의, 특히, 남자의 죄악에 진노한 신이, 그 아이의 비상한 성대를 빌려, 그들의, 특히, 남자의 죄악을 규탄하고, 또 영구히 저주하는 것인 것만 같았다……

구보는 그저 『율리시스』를 논하고 있는 벗을 깨닫고, 불쑥, 그야 제임스 조이스의 새로운 시험에는 경의를 표해야 마땅할 게지. 그러나 그것이 새롭다는, 오직 그 점만 가지고 과중평가를 할 까닭이야 없지. 그리고 벗이 그 말에 대해, 항의를 하려 하였을 때, 구보는 의자에서 몸을 일으키어, 벗의 등을 치고, 자 그만 나갑시다.

그들이 밖에 나왔을 때, 그곳에 황혼이 있었다. 구보는 이 시간에, 이 거리에, 맑고 깨끗함을 느끼며, 문득,

alternately at him and the girl and smiled knowing-
ly. "Hope you're having a nice day," she said and
went on her way. A thirty-year-old spinster's sar-
casm toward a young couple may have been insin-
uated here. Kubo is aware that he's sweating copi-
ously, like a schoolboy, both on his forehead and
along the bridge of his nose. He pulls out a hand-
kerchief from his pants pocket to wipe himself off.
The bowl of Sŏlŏngt'ang is too hot on this summer
evening.

Outside

they stand motionless on the street. After all, Seoul
is small. If it were Tokyo, Kubo would head for the
Ginza. In fact, he had wanted to ask the girl if she
would like to go to the Ginza for tea? A scene from
a movie he had recently seen flashed through his
mind. Perhaps this was the reason Kubo lost confi-
dence. A rogue tempts a respectable girl to the op-
era, and on the way back late that night, he drives
to his villa. In this fleeting image, the rogue's profile
seemed to bear some resemblance to Kubo's. Kubo
smiles grimly but dismisses the memory. Even if it's
not the Ginza, I'd like to bring her somewhere nice

벗을 돌아보았다.

"이제 어디로 가?"

"집으루 가지."

벗은 서슴지 않고 대답하였다. 구보는 대체 누구와 이 황혼을 지내야 할 것인가 망연해한다.

전차를 타고

벗은 이내 집으로 돌아가고 말았다. 집이 아니다. 여사 (旅舍)[48]였다. 주인집 식구 말고, 아무도 없을 여사로, 그는 그렇게 저녁 시간을 맞추어 가야만 할까. 만약 그것이 단지 저녁밥을 먹기 위하여서의 일이라면…….

"지금부터 집엘 가서 무얼 할 생각이오?"

그러나 그것은 물론 어리석은 물음이었다. '생활'을 가진 사람은 마땅히 제 집에서 저녁을 먹어야 할 게다. 벗은 구보와 비겨볼 때, 분명히 생활을 가지고 있었다.

하루의 대부분을 속무(俗務)[49]에 헤매지 않으면 안 되었던 그는 이제 저녁 후의 조용한 제 시간을 가져, 독서와 창작에서 기쁨을 찾을 게다. 구보는, 구보는 그러나 요사이 그 기쁨을 못 갖는다.

for tea, he thought.

"Ah, how forgetful I am," the friend suddenly exclaims. "I have to meet someone now."

He makes an apologetic face, knowing that Kubo will be lonely when left on his own. The girl must have worn such an expression when she glanced at Kubo, hesitated and said, "I should be going home now."

"Let's meet at the teahouse around ten o'clock."

"Ten o'clock?"

"Yes, half past ten at the latest."

The friend walks toward the streetcar stop.

Gazing at his friend crossing the tracks and vanishing into the crowd on the other side of the street—Kubo—no clear reason—remembers the sad girl in front of Hibiya Park on a drizzly evening.

Ah, Kubo jerks his head up, looks aimlessly around, and then mechanically takes a few steps forward. *Ah, I remember. ...Oh, why do I fumble through memories to the one incident I hoped to forget forever?* A sad and bitter memory is the last thing to help keep one's heart calm and cheerful.

She had a fiancé to whom she was already engaged when she met Kubo, and she had pleaded for Kubo's advice. Unfortunately, Kubo knew the

어느 틈엔가, 구보는 종로 네거리에 서서, 그곳에 황혼과, 또 황혼을 타서 거리로 나온 노는계집의 무리들을 본다. 노는계집들은 오늘도 무지(無智)를 싸고 거리에 나왔다. 이제 곧 밤은 올 게요, 그리고 밤은 분명히 그들의 것이었다. 구보는 포도 위에 눈을 떨어뜨려, 그곳에 무수한 화려한 또는 화려하지 못한 다리를 보며, 그들의 걸음걸이를 가장 위태롭다 생각한다. 그들은, 모두가 숙녀화에 익숙하지 못한 것은 아니다. 그러나 그러함에도 불구하고, 그들은 모두들 가장 서투르고, 부자연한 걸음걸이를 갖는다. 그것은, 역시, '위태로운 것'이라고밖에 말할 수 없는 것임에 틀림없었다.

그들은, 그러나 물론 그런 것을 그네 자신 깨닫지 못한다. 그들의 세상살이의 걸음걸이가, 얼마나 불안정한 것인가를 깨닫지 못한다. 그들은 누구라 하나 인생에 확실한 목표를 가지고 있지 않았으나, 무지는 거의 완전히 그 불안에서 그들의 눈을 가리어준다.

그러나 포도를 울리는 것은 물론 그들의 가장 불안정한 구두 뒤축뿐이 아니었다. 생활을, 생활을 가진 온갖 사람들의 발끝은 이 거리 위에서 모두 자기네들 집으로 향하여 놓여 있었다. 집으로 집으로, 그들은 그들의 만

man. A classmate from junior high school. The man's face was distinct in Kubo's mind though more than five years had elapsed since they had heard from each other. An honest, ordinary face. The thought of his gentle eyes stung Kubo to the quick. They wandered in the rain-drenched park, deep in thought, in tears, oblivious of the setting sun.

Kubo is restless. He starts to walk. *Maybe I acted like a coward. Maybe I should have felt more elated to have her love all to myself. When she blamed me through her sobs, saying that my sense of loyalty and fear of reproach derived from a lack of love and passion, she was evidently right... right.*

Kubo offered to walk her home. "No," she said, "leave me alone, I'll go by myself." Her back wet in the rain, she walked tearfully down the street in the dusk, on and on, without even taking a streetcar. She didn't marry her fiancé. If she were unhappy, it was the result of one man's indecisiveness. At times Kubo wanted to believe that she lived happily in some other, more fortunate place, but the thought rang hollow.

Kubo finds himself at the crossroads of Hwangt'o Maru. On an impulse he stops and emits a tortured sigh. *Ah, I miss her. I want to know where she is.* For the

찬과 가족의 얼굴과 또 하루 고역 뒤의 안위를 찾아 그렇게도 기꺼이 걸어가고 있다. 문득, 저도 모를 사이에 구보의 입술을 새어나오는 탁목(啄木)의 단가(短歌)—.

누구나 모두 집 가지고 있다는 애달픔이여
무덤에 들어가듯
돌아와서 자옵네

그러나 구보는 그러한 것을 초저녁의 거리에서 느낄 필요는 없다. 아직 그는 집에 돌아가지 않아도 좋았다. 그리고 좁은 서울이었으나, 밤늦게까지 헤맬 거리와, 들를 처소가 구보에게 있었다.

그러나 대체 누구와 이 황혼을…… 구보는 거의 자신을 가지고, 걷기 시작한다. 벗이 있다. 황혼을, 또 밤을 같이 지낼 벗이 구보에게 있다. 종로 경찰서 앞을 지나 하얗고 납작한 조그만 다료(茶寮)[50]엘 들른다.

그러나 주인은 없었다. 구보가 다시 문으로 향해 나오면서, 왜 자기는 그와 미리 맞추어두지 않았던가, 뉘우칠 때, 아이가 생각난 듯이 말했다. 참, 곧 돌아오신다구요, 누구 오시거든 기다리시라구요. '누구'가, 혹은 특정

118

seven hours since leaving home that afternoon, this perhaps was his only goal. *Ah, I miss her. If only I knew how she's doing!*

Kwanghwamun Avenue

Kubo wondered if he was a hypocrite as he walked randomly along this deserted and inelegantly broad street, That would be a consequence of his irresolute personality. *Ah, all the evils caused by human frailty, all the misfortunes!*

Once again he sees the pitiful sight of her receding figure. Rain running down her raincoat, no hat or umbrella, her head soaked and sorrowful. Spiritless—it's impossible to maintain spirit—her shoulders droop. Hands in her pockets, head hanging low, she takes one step forward, then another; her small, frail feet are not at all sturdy. I should have run after her. I should have seized her slender shoulders, I should have confessed that all my words till now have been lies, that I can never forego our love, that we must fight for our love against all obstacles. On that rainy street in Tokyo I should have cried a heart-wrenching lament with her.

한 인물일지도 모른다. 벗은 혹은, 구보와 이제 행동을
같이할 수 없을지도 모른다. 그래도 사람은 언제든 희
망을 가져야 하고, 달리 찾을 벗을 갖지 아니한 구보는,
하여튼 이제 자리에 앉아, 돌아올 벗을 기다려야 한다.

여자를

동반한 청년이 축음기 놓여 있는 곳 가까이 앉아 있었
다. 그는 노는계집 아닌 여성과 그렇게 같이 앉아 차를
마실 수 있는 것에 득의(得意)와 또 행복을 느낄 수 있었
는지도 모른다. 그의 육체는 건강하였고, 또 그의 복장
은 화미(華美)하였고, 그리고 그의 여인은 그에게 그렇
게도 용이하게 미소를 보여주었던 까닭에, 구보는 그
청년에게 엷은 질투와 또 선망을 느끼지 않으면 안 되
었다. 그뿐 아니다. 그 청년은, 한 개의 인단용기(仁丹容
器)[51]와, 로도 목약(目藥)[52]을 가지고 있는 것에조차 철
없는 자랑을 느낄 수 있었던 듯싶었다. 구보는 제 자신,
포용력을 가지고 있는 듯싶게 가장하는 일 없이, 그의
명랑성에 참말 부러움을 느낀다.

　그 사상에는 황혼의 애수와 또 고독이 혼화되어 있었

Kubo kicks a pebble as hard as he can. Maybe he wanted to derive some worthless pride from his ability to restrain his ardor, his true desire, wanted to think that tragedy was the natural finale to their love. Wanted to believe—again remembering his friend's gentle eyes—that his well-rounded personality and wealth would make her happy. In the end, this misguided sentiment had obscured the true voice of his heart. And that's not as it should be. What right had he to toy with her feelings, or his own. He would never be able to make her happy, despite his love for her—hadn't that sense of his own imperfection driven everyone, especially her, his poor love, to misery? Kicking a myriad pebbles across the road, Kubo thought to himself, *Oh, I was wrong, so wrong!*

A child of about ten passes, humming a springtime song. The child has no worries. Two drunkards, their arms around each other's shoulders, slur the Song of Sorrow. They're feeling happy now. Kubo is struck by a bright idea; he stops in his tracks on the dark street. *If I were to meet her again, I wouldn't be weak. I wouldn't make the same mistake. We would never be apart again...*

But where can I find her? My God, how empty and blind

는지도 모른다. 구보는 극히 음울할 제 표정을 깨닫고, 그리고 이 안에 거울이 없음을 다행해한다. 일찍이, 어느 시인이 구보의 이 심정을 가리켜 독신자의 비애라 하였다. 그러나 그것은 언뜻 그러한 듯싶으면서도 옳지 않았다. 구보가 새로운 사랑을 찾으려 하지 않고, 때로 좋은 벗의 우정에 마음을 의탁하려 한 것은 제법 오랜 일이다……

어느 틈엔가, 그 여자와 축복받은 젊은이는 이 안에서 사라지고, 밤은 완전히 다료 안팎에 왔다. 이제 어디로 가나. 문득, 구보는 자기가 그동안 벗을 기다리면서도 벗을 잊고 있었던 사실에 생각이 미치고, 그리고 호젓한 웃음을 웃었다. 그것은 일찍이 사랑하는 여자와 마주 대하여 권태와 고독을 느끼었던 것보다도 좀 더 애처로운 일임에 틀림없었다.

구보의 눈이 갑자기 빛났다. 참 그는 그 뒤 어찌 되었을꼬. 비록 어떠한 종류의 것이든 추억을 갖는다는 것은 사람의 마음을 고요하게, 또 기쁘게 해준다.

동경의 가을이다. '간다(神田)'[53] 어느 철물전에서 한 개의 '네일클리퍼'[54]를 구한 구보는 '짐보오쪼오'[55] 그가 가끔 드나드는 끽다점을 찾았다. 그러나 휴식을 위함

122

an idea can be. How can a man's heart feel so lonely and wretched on the broad, open streets of Kwanghwamun.

A student in a college cap passes by, walking shoulder to shoulder with a young woman. Their steps bounce, their voices whisper. Dear lovers, may the light of your love always shine. Like an old benevolent father, his heart full of generosity and love, Kubo bestows his wholehearted blessing on the couple.

Now

seemingly having forgotten where he was going, and seemingly no longer needing to go anywhere, Kubo stands there absentmindedly. Poor love. Is the ending to the story good enough as it stands? Are they fated now and in the future to remain sad and lonely? Never to meet again, each nurturing their wounds? Yet, at the same time, *ah… let's leave this thought alone.* Kubo self-consciously shakes his head and hastens to retrace his steps. Pain lingers in his heart. As he walks the street, head hanging low, pebbles roll around his feet, countless fragments of memory. Again, Kubo shakes his head. *Let's… let's forget this…*

도, 차를 먹기 위함도 아니었던 듯싶다. 오직 오늘 새로 구한 것으로 손톱을 깎기 위하여서만인지도 몰랐다. 그 중 구석진 테이블. 그중 구석진 의자. 통속작가들이 즐겨 취급하는 종류의 로맨스의 발단이 그곳에 있었다. 광선이 잘 안 들어오는 그곳 마룻바닥에서 구보의 발길에 차인 것. 한 권 대학 노트에는 윤리학 석 자와 '임(姙)' 자가 든 성명이 기입되어 있었다.

그것은 일종의 죄악일 게다. 그러나 젊은이들에게 그만한 호기심은 허락되어도 좋다. 그래도 구보는 다른 좌석에서 잘 안 보이는 위치에 노트를 놓고, 그리고 손톱을 깎을 것도 잊고 있었다.

제1장 서론, 제1절 윤리학의 정의. 2. 규범과학. 제2장 본론. 도덕 판단의 대상. C 동기설과 결과설. 예 1. 빈가(貧家)의 자손이 효양(孝養)을 위해서 절도함. 2. 허영심을 만족키 위한 자선사업. 제2학기. 3. 품성 형성의 요소. 1. 의지필연론…….

그리고 여백에, 연필로, 그러나 수치심은 사랑의 상상 작용에 조력(助力)을 준다. 이것은 사랑에 생명을 주는 것이다. 스탕달의 『연애론』의 일절. 그러고는 연락(連絡) 없이, 『서부 전선 이상 없다』. 길옥신자(吉屋信子).[56] 개천

He should go back to the teahouse, rejoin his friend there and find a way to alleviate the night's anxiety. But before he can cross the streetcar tracks, someone calls out to him, "Uncle Eye—," and, when he stops to look around, his hands, still holding his walking stick and notebook, are seized by the little hands of children. "Where have you been?" Kubo showers them with smiles. Nephews of a friend. The children call him Uncle Eye because of his glasses. "We were at the night fair. Why don't you come by anymore, Uncle Eye?" "Oh, I have been busy..." But that's a lie. Kubo remembers how completely he has forgotten the guileless boys for over a month, and he feels truly sorry.

Poor children. They have hardly known a father's love. Their father started another family in the countryside five years ago and they have been brought up almost exclusively by their mother. The mother was not to blame. The father, then? The father, too, was, generally speaking, a good man. Yet he certainly had a streak of libertinism when it came to women. Despite severe hardships, the mother sends the boys to school. A sixteen-year-old daughter and three younger brothers. The youngest will reach school age next year.

룡지개(芥川龍之介).[57] 어제 어디 갔었니.『라부파레드』[58]
를 보았니. ……이런 것들이 씌어 있었다.

　다료의 주인이 돌아왔다. 아 언제 왔소. 무슨 좋은 소
식 있소. 구보는 대답 없이 자리에서 일어나, 노트와 단
장을 집어 들고, 저녁 먹으러 나갑시다. 그리고 속으로
지난날의 조그만 로맨스를 좀 더 이어 생각하려 한다.

다료에서

나와, 벗과, 대창옥(大昌屋)으로 향하며, 구보는 문득 대
학 노트 틈에 끼어 있었던 한 장의 엽서를 생각하여 본
다. 물론 처음에 그는 망설거렸었다. 그러나 여자의 숙
소까지를 알 수 있었으면서도 그 한 기회에서 몸을 피
할 수는 없었다. 그는 우선 젊었고, 또 그것은 흥미있는
일이었다. 소설가다운 온갖 망상을 즐기며, 이튿날 아
침 구보는 이내 여자를 찾았다. 우입구 시래정(牛込區 矢
來町).[59] 주인집은 신조사(新潮社) 근처에 있었다. 인품
좋은 주인 여편네가 나왔다 들어간 뒤, 현관에 나온 노
트 주인은 분명히…… 그들이 걸어가고 있는 쪽에서
미인이 왔다. 그들을 보고 빙그레 웃고, 그리고 지났다.

When the mother—even as she complained about her difficulties—spoke joyfully about sending the youngest to elementary school, Kubo felt like bowing to her to show his respect.

Kubo loves children. Likes to be loved by children. Sometimes, he even tries to ingratiate himself with children. What if the children he loves don't like him?—the very idea makes him sad and lonely. Children are so simple. They are always drawn to those who care for them.

"Uncle Eye, have you seen our new place? It's there in that alley. Come with us, won't you?" He half wants to go, but considering the time, and afraid of missing his friend, he has to abandon the idea. What to do? Kubo spots a cart piled high with watermelons on the other side of the road. "You're not having stomach problems, are you?" "No, why?" He buys two watermelons, one for each to carry. "Here, take them to your mother and ask her to slice them for you. Same size portion for each of you, no fighting." The older boy says, "The last time Uncle P'irun brought bananas, our sister was sick and couldn't eat, so we teased her a lot." Kubo grins at the image of the tomboy's face on the brink of tears. A passing woman throws a sharp look at

벗의 다료 옆, 카페 여급. 벗이 돌아보고 구보의 의견을 청하였다. 어때 예쁘지. 사실, 여자는, 이러한 종류의 계집으로서는 드물게 어여뻤다. 그러나 그는 이 여자보다 좀 더 아름다웠던 것임에 틀림없었다.

어서 옵쇼. 설렁탕 두 그릇만 주우. 구보가 노트를 내어 놓고, 자기의 실례에 가까운 심방(尋訪)에 대한 변해(辯解)를 하였을 때, 여자는, 순간에, 얼굴이 붉어졌었다. 모르는 남자에게 정중한 인사를 받은 까닭만이 아닐 게다. 어제 어디 갔었니. 길옥신자(吉屋信子). 구보는 문득 그런 것들을 생각해 내고, 여자 모르게 빙그레 웃었다. 맞은편에 앉아, 벗은 숟가락 든 손을 멈추고, 빤히 구보를 바라보았다. 그 눈은, 무슨 생각을 하고 있느냐, 물었는지도 모른다. 구보는 생각의 비밀을 감추기 위하여 의미 없이 웃어 보였다. 좀 올라오세요. 여자는 그렇게 말하였었다. 말로는 태연하게, 그러면서도 그의 볼은 역시 처녀답게 붉어졌다. 구보는 그의 말을 쫓으려다 말고, 불쑥, 같이 산책이라도 안 하시렵니까, 볼일 없으시면. 그날은 일요일이었고, 여자는 막 어디 나가려던 차인지 나들이옷을 입고 있었다. 통속소설은 템포가 빨라야 한다. 그 전날, 윤리학 노트를 집어 들었을 때부터

him. She is far from pretty. Plus, she has dozens of patches—for whatever reason—all over her face. Naturally, she must have felt insulted by his grin. Without intending to, Kubo bursts into laughter. Maybe, now, he'll be cheerful.

Still

the children wanted him to visit their house. After sending them away, Kubo heads for the teahouse. At night this area generally has few pedestrians, and the streetcar crawls sluggishly along the middle of the road. A few odd women are standing on this poorly lit street, and a couple of others are sitting under a tree. They, most likely, are not *belles de jour*. Still, their figures cut an alluring, if somber, presence against the forlorn darkness. All of a sudden, a debauched sexual desire takes hold of him.

A telegram boy rides past on a bicycle, as lithe as a swallow. What kinds of lives are compressed into the small bag tied around his waist? Uncertainty, anxiety, expectation... Words on a small piece of paper exercise such effective sway over one's emotions. When a man has a telegram addressed to him, his hand trembles unawares. Kubo has a sud-

이미 구보는 한 개 통속소설의 작자이었고 동시에 주인공이었던 것임에 틀림없었다. 그는 여자가 기독교 신자인 경우에는 제 자신 목사의 졸음 오는 설교를 들어도 좋다고까지 생각하고 있었다. 여자는 또 한 번 얼굴을 붉히고, 그러나 구보가, 만일 볼일이 계시다면, 하고 말하였을 때, 당황하게, 아니에요 그럼 잠깐 기다려 주세요, 그리고 여자는 핸드백을 들고 나왔다. 분명히 자기를 믿고 있는 듯싶은 여자 태도에 구보는 자신을 갖고, 참 이번 주일에 무장야관(武藏野館)[60] 구경하셨습니까. 그리고 그와 함께 그러한 자기가 할 일 없는 불량소년 같이 생각되고, 또 만약 여자가 그렇게도 쉽사리 그의 유인에 빠진다면, 그것은 아무리 통속소설이라도 독자는 응당 작자를 신용하지 않을 게라고 속으로 싱겁게 웃었다. 그러나 설혹 그렇게도 쉽사리 여자가 그를 좇더라도 구보는 그것을 경박하다고 생각하고 싶지 않았다. 그것에는 경박이란 문자는 맞지 않을 게다. 구보는 자부심으로서는 여자가 초면임에도 불구하고 자기를 족히 믿을 만한 남자라 알아볼 수 있도록 그렇게 총명하다고 생각하고 싶었다.

여자는 총명하였다. 그들이 무장야관 앞에서 자동차

den craving for the experience of holding an unopened telegram. If not a telegram, an ordinary letter will do. At this point, even a postcard would impress him.

Hah! Kubo scoffs. That craving must be another manifestation of sexual desire. But of course he has no intention of simply dismissing this not-so-unnatural, almost physical craving. In fact, he keeps forgetting to write to his friends who live outside Seoul, and they haven't contacted him for a long time either. What are they all doing now? He feels a spontaneous rush of sweet nostalgia, even for that friend who only sends him a New Year's card. Soon, Kubo has thousands of blank postcards on the table in the corner of the teahouse, and he finds himself writing to his friends with unchecked abandon. He doesn't notice his burnt-out cigarette in the ashtray as he scribbles the names and addresses of all the friends he can remember on one postcard after another. He smiles contentedly. This is not so bad an ending for a short story. But what kind of short story? Kubo, of course, has not thought up the plot yet.

Literary concerns aside, he really wants to receive letters from his friends. *Won't somebody permit me this*

를 내렸을 때, 그러나 구보는 잠시 그곳에 우뚝 서 있을 수밖에 없었다. 그것은 뒤에서 내리는 여자를 기다리기 위해서가 아니다. 그의 앞에 외국 부인이 빙그레 웃으며 서 있었던 까닭이다. 구보의 영어 교사는 남녀를 번갈아 보고, 새로이 의미심장한 웃음을 웃고 오늘 행복을 비오, 그리고 제 길을 걸었다. 그것에는 혹은 삼십 독신녀의 젊은 남녀에게 대한 빈정거림이 있었는지도 모른다. 구보는 소년과 같이 이마와 콧잔등이에 무수한 땀방울을 깨달았다. 그래 구보는 바지주머니에서 수건을 꺼내어 그것을 씻지 않으면 안 되었다. 여름 저녁에 먹은 한 그릇의 설렁탕은 그렇게도 더웠다.

이곳을

나와, 그러나, 그들은 한길 위에 우두커니 선다. 역시 좁은 서울이었다. 동경이면, 이러한 때 구보는 우선 은좌(銀座)[61]로라도 갈게다. 사실 그는 여자를 돌아보고, 은좌로 가서 차라도 안 잡수시렵니까, 그렇게 말하고 싶었다. 그러나, 순간에, 지금 마악 보았을 따름인 영화의 한 장면을 생각해 내고, 구보는 제가 취할 행동에 자

joy? Suddenly, Kubo slackens his pace. *Maybe there's a letter waiting for me at home, impassioned words from the least expected of old friends...* Though he knows how groundless this fantasy is, Kubo does not want his melancholy reverie to be so mercilessly dispelled. The letter at home need not have been sent by a friend. A newspaper company maybe, or a magazine publisher... His mother, hopeful and expectant before the printed envelope, holds it up and down against the light bulb as if it carried within it a grand future for her son, even worrying about the possibility that her son, who does not return despite all her waiting, might read the letter too late and hence miss an opportunity. But the letter upon which the poor mother piles so much hope, once opened, will likely turn out to be just a request for an essay, a one-off article for a newspaper, or a page in a magazine. Kubo smiles wryly, then goes into the teahouse. There is a large crowd there, but no friend. He has to wait for his friend.

The Teahouse

patrons, for whatever good reason, favor seats in the corner. Kubo has to take the one remaining ta-

신을 가질 수 없었을지도 모른다. 규중(閨中) 처자를 꼬여 오페라 구경을 하고, 밤늦게 다시 자동차를 몰아 어느 별장으로 향하던 불량청년. 언뜻 생각하면 그의 옆얼굴과 구보의 것과 사이에 일맥상통한 점이 있었던 듯싶었다. 구보는 쓰디쓰게 웃고, 그러나 그러한 것은 어떻든, 은좌가 아니라도 어디 이 근처에서라도 차나 먹고…… 참, 내 정신 좀 보아. 벗은 갑자기 소리치고 자기가 이 시각에 꼭 만나야 할 사람이 있음을 말하고, 그리고 이제 구보가 혼자서 외로울 것을 알고 있었으므로, 그는 미안한 표정을 지었다. 여자가 주저하며, 그만 집으로 돌아가야겠다고 구보를 곁눈질하였을 때에도, 역시 그러한 표정이었던 것임에 틀림없었다. 우리 열점쯤 해서 다방에서 만나기로 합시다. 열점. 응, 늦어도 열점 반. 그리고 벗은 전찻길을 횡단하여 갔다.

전찻길을 횡단하여 저편 포도 위를 사람 틈에 사라져 버리는 벗의 뒷모양을 바라보며, 어인 까닭도 없이, 이슬비 내리던 어느 날 저녁 히비야(日比谷)[62] 공원 앞에서의 여자를 구보는 애닯다, 생각한다.

아. 구보는 악연히 고개를 들어 뜻 없이 주위를 살피고 그리고 기계적으로, 몇 걸음 앞으로 나갔다. 아아, 그

ble in the middle of the room. Still, he can enjoy Elman's *Valse Sentimentale*, his mind calm, at ease. But before the melody plays itself out, a rude voice calls, "Aren't you Mr. Kupo?" Sensing that all eyes in the teahouse are on him, Kubo looks to where the voice came from. Someone who finished junior high two or three years before him. Heard he'd become a salesman in a life insurance company. His red drunken face might account for his pretension of familiarity, for there had been no previous correspondence between them. Kubo gives a slight nod, his face expressionless, and promptly turns away. But when the man says again just as loudly, "Won't you join us," Kubo has no choice but get up, albeit sluggishly, and switch tables. "Sit here. Mr. Ch'oe, this is Mr. Kupo, the novelist."

For some reason he pronounces Kubo's name as Kupo. He waves his empty bottle of beer, shouts at the boy for more, and turns to Kubo again. "So are you still writing a lot?" the man asks. "I must *confess* that I haven't written much," Kubo answers. Kubo, finding it quite unpalatable to be compelled to associate with such a man, decides to keep his distance by uttering polite trivialities. But this clueless man seems rather flattered by Kubo's honorific

예 생각해 내고 말았다. 영구히 잊고 싶다, 생각한 그의 일을 왜 기억 속에서 더듬었더냐, 애달프고 또 쓰린 추억이란, 결코 사람 마음을 고요하게도 기쁘게도 해주는 것은 아니었다.

여자는 그가 구보와 알기 전에 이미 약혼하고 있었던 사내의 문제를 가져, 구보의 결단을 빌렸다. 불행히 그 사내를 구보는 알고 있었다. 중학시대의 동창생. 서로 소식 모르고 지낸 지 5년이 넘었어도 그의 얼굴은 구보의 머릿속에 분명하였다. 그 우둔하고 또 순직(純直)한 얼굴. 더욱이 그 선량한 눈을 생각할 때 구보의 마음은 아팠다. 비 내리는 공원 안을 그들은 생각에 잠겨, 생각에 울어, 날 저무는 줄도 모르고 헤매 돌았다.

참지 못하고, 구보는 걷기 시작한다. 사실 나는 비겁하였을지도 모른다. 한 여자의 사랑을 완전히 차지하는 것에 행복을 느껴야만 옳았을지도 모른다. 의리라는 것을 생각하고, 비난을 두려워하고 하는, 그러한 모든 것이 도시 남자의 사랑이, 정열이, 부족한 까닭이라, 여자가 울며 탄(憚)하였을 때, 그 말은 그 말은, 분명히 옳았다, 옳았다.

구보가 바래다 주려도 아니에요, 이대로 내버려 두세

tone. Furthermore, by ordering beer, the man may have a sense of superiority over those who are sipping tea (which costs a measly ten *chŏn* a cup) and thus may now be savoring an even higher level of happiness.

He offers a glass to Kubo, "I'm a fan of Mr. Kupo's works." He notices that Kubo shows no sign of being impressed by such a comment and adds,

"In fact, I talk about Mr. Kupo with everyone I meet."

Then he roars himself hoarse with laughter. Kubo, an ambiguous smile on his face, has a fleeting thought. What if he were to hire this presumptuous ignoramus to sell his books? He might get tens, even hundreds of new readers. Kubo chuckles to himself. "Mr. Kupo!" The man called Mr. Ch'oe intervenes, seeking Kubo's agreement that Tokkyŏn's *The Tragic Melody of a Buddhist Temple* and Yun Paengnam's *The Tale of a Great Robber* are masterpieces. And this man, who may well be a salesman at some fire insurance company, deftly adds,

"Of course, aside from your work..."

Kubo, with considerable effort, brings himself to say they are good books. Ch'oe again ventures to ask the remuneration rate for writing in Korea?

요, 혼자 가겠어요, 그리고 비에 젖어 눈물에 젖어, 황혼의 거리를 전차도 타지 않고 한없이 걸어가던 그의 뒷모양. 그는 약혼한 사내에게로도 가지 않았다. 그가 불행하다면 그것은 오로지 사내의 약한 기질에 근원할 게다. 구보는 때로, 그가 어느 다행한 곳에서 그의 행복을 차지하고 있는 것같이 생각하고 싶었어도, 그 사상은 너무나 공허하다.

어느 틈엔가 황토마루 네거리에까지 이르러, 구보는 그곳에 충동적으로 우뚝 서며, 괴로운 숨을 토하였다. 아아, 그가 보고 싶다. 그의 소식이 알고 싶다. 낮에 거리에 나와 일곱 시간, 그것은, 오직 한 개의 진정이었을지 모른다. 아아, 그가 보고 싶다. 그의 소식이 알고 싶다……

광화문통

그 멋없이 넓고 또 쓸쓸한 길을 아무렇게나 걸어가며, 문득, 자기는, 혹은, 위선자나 아니었었나 하고, 구보는 생각해 본다. 그것은 역시 자기의 약한 기질에 근원할 게다. 아아, 온갖 악은 인성(人性)의 약함에서, 그리고 온

Kubo appreciates the fact that Ch'oe didn't say 're-muneration,' but feels no obligation to discuss the financial status of Korean writers with this kind of man.

So, Kubo, knowing full well that he will be humil-iating the other, says curtly that he knows nothing about it, since he never receives any. Right then, he sees the friend he's been waiting for come in. "Ex-cuse me now." Before the two can say anything, Kubo returns to his seat, picks up his notebook and walking stick, and says to his friend, who is just about to sit down,

"Let's get out of here. Let's go some place else."

Outside, summer night, and a cool, pleasant breeze.

The Chosŏn Hotel

comes up alongside them, as they silently walk down the night-darkened street. Even during the day this street is not very busy. "Any good news these days?" Kubo asks casually, looking at the three-story Kyŏngsŏng Post Office. "Good news?" The friend's eyes turn toward him, revealing signs of fatigue. They continue their walk toward

갓 불행이…….

또다시 너무나 가엾은 여자의 뒷모양이 보였다. 레인
코트 위에 빗물은 흘러내리고 우산도 없이 모자 안 쓴
머리가 비에 젖어 애달프다. 기운 없이, 기운 있을 수 없
이, 축 늘어진 두 어깨. 주머니에 두 팔을 꽂고, 고개 숙
여 내디디는 한 걸음, 또 한 걸음, 그 조그맣고 약한 발
에 아무러한 자신도 없다. 뒤따라 그에게로 달려가야
옳았다. 달려들어 그의 조그만 어깨를 으스러져라 잡
고, 이제까지 한 나의 말은 모두 거짓이었다고, 나는 결
코 이 사랑을 단념할 수 없노라고, 이 사랑을 위하여는
모든 장애와 싸워 가자고, 그렇게 말하고, 그리고 이슬
비 내리는 동경 거리에 두 사람은 무한한 감격에 울었
어야만 옳았다.

구보는 발 앞의 조약돌을 힘껏 찼다. 격렬한 감정을,
진정한 욕구를, 힘써 억제할 수 있었다는 데서 그는 값
없는 자랑을 가지려 하였었는지도 모른다. 이것이, 이
한 개 비극이 우리들 사랑의 당연한 귀결이라고 그렇게
생각하려 들었던 자기. 순간에 또 벗의 선량한 두 눈을
생각해 내고 그의 원만한 천성과 또 금력이 여자를 행
복하게 하여주리라 믿으려 들었던 자기. 그 왜곡된 감

Hwanggǔmjǒng. "Have you ever had, for example, a small joy, a modest joy, such as a surprise postcard from a friend?"

"Sure," the friend replies readily. "The kind of letter a good-for-nothing like you will never receive in your lifetime." And he sniggers. Yet his laughter rings hollow. Certified mail, most likely. In times like these, even running a small teahouse isn't easy. Three months unpaid rent. The sky has become overcast, the shimmering stars disappearing from sight. The friend suddenly whistles. A poor novelist, and a poor poe... Kubo's thoughts drift to his country, so poor, and his mind clouds over.

"Don't you want someone new to love?"

The friend stops whistling and throws a playful glance at Kubo. Kubo smiles. A lover, good. A girl who's not a lover, that would still be fine. What Kubo wants right now is any girl at all. Or maybe a wise, caring wife... A bold idea crosses his mind, I wish I could adopt a daughter, instead of a wife or lover, a seventeen or eighteen-year-old, if possible. The girl must be pretty, cheerful, and smart also. He would be a benevolent, devoted father and take her on trips.

Kubo suddenly laughs in spite of himself. Have I

정이 구보의 진정한 마음의 부르짖음을 틀어막고야 말았다. 그것은 옳지 않았다. 구보는 대체 무슨 권리를 가져 여자의, 그리고 자기 자신의 감정을 농락하였나. 진정으로 여자를 사랑하였으면서도 자기는 결코 여자를 행복하게 하여주지는 못할 게라고, 그 부전감(不全感)[63]이 모든 사람을, 더욱이 가엾은 애인을 참말 불행하게 만들어버린 것이 아니었던가. 그 길 위에 깔린 무수한 조약돌을, 힘껏, 차, 헤뜨리고, 구보는, 아아, 내가 그릇하였다, 그릇하였다.

철겨운 봄노래를 부르며, 열 살이나 그밖에 안 된 아이가 지났다. 아이에게 근심은 없다. 잘 안 돌아가는 혀끝으로, 술주정꾼이 두 명, 어깨동무를 하고, '수심가'를 불렀다. 그들은 지금 만족이다. 구보는, 문득, 광명을 찾은 것 같은 착각을 느끼고, 어두운 거리 위에 걸음을 멈춘다. 이제 그와 다시 만날 때, 나는 이미 약하지 않다. 나는 그 과오를 거듭 범하지 않는다. 우리는 영구히 다시 떠나지 않는다……. 그러나 그를 어디 가 찾누. 어허, 공허하고, 또 암담한 사상이여. 이 넓고, 또 휑한 광화문 거리 위에서, 한 개의 사내 마음이 이렇게도 외롭고 또 가엾을 수 있었나.

grown that old already? Still, he can't dismiss his fantasy so quickly. Keeping in check the urge to share it with his friend, he indulges this line of thought privately. Three choices. With only one, he might easily reach happiness. But then maybe even with all three choices fulfilled, he still wouldn't find peace for his weary heart.

No doubt this is an idea inspired by "loneliness."

"Even the Round Moon Does Not Know What I Want"

Kubo recited Satō Haruo's one-line poem. The sky is dark, as if threatening a downpour. Kubo does not know what he wants. Soon they are back in Jongno, and Kubo, feeling the weight of the walking stick and notebook in his hand, turns to his friend. "Can you buy me a drink tonight?" The friend nods without a second thought. Kubo, a new bounce to his step, goes to a bar in the Jonggak area, which they both patronize now and then, but the barmaid who used to serve them is no longer there. From a woman Kubo learns the name of the café in Nagwŏnjŏng where the barmaid has gone and insists that they go there, dragging his ostensibly tired friend by the arm. Kubo doesn't even

각모(角帽) 쓴 학생과, 젊은 여자가 어깨를 나란히 하여 구보 앞을 지나갔다. 그들의 걸음걸이에는 탄력이 있었고, 그들의 말소리는 은근하였다. 사랑하는 이들이여. 그대들 사랑에 언제든 다행한 빛이 있으라. 마치 자애 깊은 부로(父老)와 같이 구보는 너그럽고 사랑 가득한 마음을 가져 진정으로 그들을 축복하여준다.

이제

어디로 갈 것을 잊은 듯이, 그러할 필요가 없어진 듯이, 얼마 동안을, 구보는, 그곳에 가, 망연히 서 있었다. 가엾은 애인. 이 작품의 결말은 이대로 좋을 것일까. 이제, 뒷날, 그들은 다시 만나는 일도 없이, 옛 상처를 스스로 어루만질 뿐으로, 언제든 외롭고 또 애달파야만 할 것일까. 그러나, 그 즉시 아아, 생각을 말리라. 구보는 의식하여 머리를 흔들고, 그리고 좀 급한 걸음걸이로 온 길을 되걸어갔다. 마음에 아픔은 그저 있었고, 고개 숙여 걷는 길 위에, 발에 채는 조약돌이 회상의 무수한 파편이다. 머리를 들어 또 한 번 뒤흔들고, 구보는, 참말 생각을 말리라, 말리라…….

know the girl's name. In other words, it's his friend that is interested in her. But like a teenage boy Kubo wants the cheap thrill of chasing a girl.

At First

Kubo's friend doesn't want to go. Maybe he's no longer interested in the barmaid. If he still has any feelings for her, presumably these feelings would amount to more than mild interest. They walk to Nagwonjŏng, in search of the café where she works. Kubo discovers that his friend feels neither passion nor indifference. Or it might be that he does not care what he feels. Kubo's friend has grown old, too. Age wise he is still young but he lacks energy and passion. So what he's constantly seeking is, perhaps, any kind of stimulus at all.

Three barmaids come to their table, and then two more. What attracts so many "belles" to them is, of course, neither their physique nor their wallets. It is because they are new to the place, and the girls enjoy making the acquaintance of many men. Kubo's friend asks their names. For some reason all the names end in "ko."[16] This suffix indicates a certain lack of refinement, which saddens Kubo.

이제 그는 마땅히 다방으로 가, 그곳에서 벗과 다시 만나, 이 한밤의 시름을 덜 도리를 하여야 한다. 그러나 그가 채 전차 선로를 횡단할 수 있기 전에 그는 "눈깔, 아저씨" 하고 불리고 그리고 그가 걸음을 멈추고 돌아보았을 때, 그의 단장과 노트 든 손은 아이들의 조그만 손에 붙잡혔다. 어디를 갔다 오니. 구보는 웃는 얼굴을 짓기에 바쁘다. 어느 벗의 조카아이들이다. 아이들은 구보가 안경을 썼대서 언제든 눈깔 아저씨라 불렀다. 야시 갔다 오는 길이라우. 그런데 왜 요새 토옹 집이 안 오우, 눈깔 아저씨. 응, 좀 바빠서…… 그러나 그것은 거짓이었다. 구보는, 순간에, 자기가 거의 달포 이상을 완전히 이 아이들을 잊고 있었던 사실을 기억에서 찾아내고 이 천진한 소년들에게 참말 미안하다 생각한다.

가엾은 아이들이다. 그들은 결코 아버지의 사랑을 몰랐다. 그들의 아버지는 다섯 해 전부터 어느 시골서 따로 살림을 차렸고, 그들은, 그래, 거의 완전히 어머니의 손으로써만 길리었다. 어머니에게, 허물은 없었다. 그러면, 아버지에게. 아버지도, 말하자면, 착한 이였다. 그러나 그에게는 역시 여자에게 대하여 방종성이 있었다. 극도의 생활난 속에서, 그래도, 어머니는 아이들을 학

"Are you here to conduct a census?"

A new girl comes to their table. It's her. Seeing both men greet her with apparent familiarity, the two girls sitting next to them move awkwardly to give up their seats. The girl declines, "No, stay where you are," she says, and yet she sits down next to Kubo's friend. This girl is no prettier than the other five, but she has a certain grace. While Kubo's friend is exchanging a few words with her, three of the girls leave for other tables. Barmaids never stay interested in a customer who appears to be intimate with one of their colleagues.

"Come on, have a drink," the girl in charge of the table urges, particularly targeting Kubo's friend. Three bottles of beer lie empty on the table, but Kubo's friend seems to have drunk no more than a glass or so. Glass in hand, he pretends to sip and then places the glass back on the table. He has alcohol intolerance. But of course the girls have never heard of this disease. Upon learning from Kubo that it is a kind of mental disorder, their credulous eyes open wide. And again they burst—indiscreetly—into laughter. One girl tells the story of a man, just an occasional drinker, who collapsed after drinking a gallon of Japanese liquor, and she asks

교에 보냈다. 열여섯 살짜리 큰딸과, 아래로 삼형제. 끝의 아이는 명년에 학령(學齡)[64]이었다. 삶의 어려움을 하소연하면서도 그 애마저 보통학교에 입학시킬 것을 어머니가 기쁨 가득히 말하였을 때, 구보의 머리는 저 모르게 숙여졌다.

구보는 아이들을 사랑한다. 아이들의 사랑을 받기를 좋아한다. 때로, 그는 아이들에게 아첨하기조차 하였다. 만약 자기가 사랑하는 아이들이 자기를 따르지 않는다면, 그것은 생각만 해볼 따름으로 외롭고 또 애달팠다. 그러나 아이들은 그렇게도 단순하다. 그들은, 그들을 사랑하는 사람을 반드시 따랐다.

눈깔 아저씨, 우리 이사한 담에 언제 왔수. 바로 저 골목 안이야. 같이 가아 응. 가보고도 싶었다. 그러나 역시, 시간을 생각하고, 벗을 놓칠 것을 염려하고, 그는 이내 그것을 단념하는 수밖에 없었다. 어찌할꾸. 구보는, 저편에 수박 실은 구루마를 발견하였다. 너희들 배탈 안 났니. 아아니, 왜 그러우. 구보는 두 아이에게 수박을 한 개씩 사서 들려주고, 어머니 갖다드리구 노나줍쇼, 그래라. 그리고 덧붙여 쌈 말구 똑같이들 노놔야 한다. 생각난 듯이 큰아이가 보고하였다. 지난번에 필운이 아

148

Kubo whether that, too, could be a case of mental disorder. "That is dipsomania," Kubo replies. The twenty-third volume of *The Modern Medical Encyclopedia,* which he had already read with interest, apparently is quite a useful reference book.

Kubo feels a strong impulse to regard all people as mental patients. Indeed, there are many kinds of mental disorder. Flights of Ideas. Paraphasia. Megalomania. Coprolalia. Nymphomania. Desultory Thoughts. Jealous Delusion. Satyriasis. Pathological Odd Behaviors. Pathological Pseudology. Pathological Immorality. Pathological Lavishness.

Kubo realizes his interest in the subject must qualify him as psychotic himself and he laughs cheerfully.

"Then

is everyone a psychopath?"one of the barmaids asks quite naturally—she's been sitting beside Kubo, listening quietly. Kubo changes his position to face her obliquely. Excusing himself first, he asks her age. The girl, after a moment's hesitation, says

"Twenty."

A woman's age is always an enigma. Yet this girl

저씨가 바나나를 사 왔는데, 누나는 배탈이 나서 먹지를 못했죠, 그래 막 까시[65]를 올렸더니만…… 구보는 그 말괄량이 소녀의, 거의 울가망[66]이 된 얼굴을 눈앞에 그려보고 빙그레 웃었다. 마침 앞을 지나던 한 여자가 날카롭게 구보를 흘겨보았다. 그의 얼굴은 결코 어여쁘지 못했다. 뿐만 아니라 무에 그리 났는지, 그는 얼굴 전면에 대소(大小) 수십 편의 삐꾸[67]를 붙이고 있었다. 응당 여자는 구보의 웃음에서 모욕을 느꼈을 게다. 구보는, 갑자기, 홍소(哄笑)하였다. 어쩌면, 이제, 구보는 명랑해질 수 있을지도 모른다.

그래도

집으로 자꾸 가자는 아이들을 달래어 보내고, 구보는 다방으로 향한다. 이 거리는 언제든 밤에, 행인이 드물었고, 전차는 한길 한복판을 가장 게으르게 굴러갔다. 결코 환하지 못한 이 거리, 가로수 아래, 한두 명의 부녀들이 서고, 혹은, 앉아 있었다. 그들은, 물론, 거리에 봄을 파는 종류의 여자들은 아니었을 게다. 그래도, 이, 밤들면 언제든 쓸쓸하고, 또 어두운 거리 위에 그것은 몹

could not possibly be twenty. Twenty-five, twenty-six. At least twenty-four. Somewhat cruelly, Kubo tells her that she, too, is a patient. Paralogia. Kubo's friend, intrigued, asks for details of this disease. Kubo opens his notebook on the table and reads out a dialogue between a doctor and a patient.

How many noses do you have? I can't tell whether I have two or more. How many ears do you have? Just one. Three plus two? Seven. How old are you? Twenty-one. (In truth, thirty-eight). What about your wife? Eighty-one.

Kubo closes the notebook and has a good laugh with his friend. The girls join in, but with the exception of the girl sitting next to Kubo's friend, they obviously don't know what to make of the dialogue. The girl next to Kubo laughs without being aware that the story is intended as a little jab at her transparent pretensions. Every time she laughs or speaks, she affectedly covers her mouth with a handkerchief. She must think her mouth looks ugly. Kubo feels pity and sympathy for her modesty. These sentiments, of course, should be distinguished from affection. Pity and sympathy are quite

시 음울하고도 또 고혹적인 존재였다. 그렇게도 갑자기, 부란(腐爛)[68]된 성욕을, 구보는 이 거리 위에서 느낀다.

문득, 제비와 같이 경쾌하게 전보 배달의 자전거가 지나간다. 그의 허리에 찬 조그만 가방 속에 어떠한 인생이 압축되어 있을 것인고. 불안과, 초조와, 기대와…… 그 조그만 종이 위의, 그 짧은 문면(文面)은 그렇게도 용이하게, 또 확실하게, 사람의 감정을 지배한다. 사람은 제게 온 전보를 받아들 때 그 손이 가만히 떨림을 스스로 깨닫지 못한다. 구보는 갑자기 자기에게 온 한 장의 전보를 그 봉함(封緘)을 떼지 않은 채 손에 들고 감동하고 싶은 충동을 느꼈다. 전보가 못 되면, 보통 우편물이라도 좋았다. 이제 한 장의 엽서에라도, 구보는 거의 감격을 가질 수 있을 게다.

흥, 하고 구보는 코웃음 쳐보았다. 그 사상은 역시 성욕의, 어느 형태로서의, 한 발현에 틀림없었다. 그러나 물론 결코 부자연하지 않은 생리적 현상을 무턱대고 업신여길 의사는 구보에게 없었다. 사실 서울에 있지 않은 모든 벗을 구보는 잊은 지 오래였고 또 그 벗들도 이미 오랜 동안 소식을 전하여 오지 않았다. 그들은, 모두,

similar to affection, and yet they never mean quite the same thing. But hatred... sometimes hatred erupts from true love... In one of his early works, Kubo thought of using this sentence, which was merely an inference from his narrow experience. It might be true, though. As Kubo mulls over this idle thought, one of the girls asks, "Then you must be the only person in the world who's not crazy." Kubo smiles. "Why, I too am ill. My illness is called Compulsive Talking."

"What is Compulsive Talking?"

"Oh, constantly prattling on. Senseless small talk is a mental disorder."

"So that's what Compulsive Talking is."

Two other girls repeat the name of Kubo's disease. Kubo takes his fountain pen from his inside pocket and scrawls in his notebook. Any observation is useful to a writer. One cannot be lax—not even in a café—in one's preparations for writing. The barmaids seek all kinds of knowledge by talking to a wide variety of customers. Holding his pen up for a moment, Kubo gazes at the table in front of him. Again smiling gently, with a show of satisfaction, he sets his pen in motion. "Now what vile thing are you writing?" Kubo's friend, half raising

지금, 무엇들을 하구 있을구. 한 해에 단 한 번 연하장을 보내줄 따름의 벗에까지, 문득 구보는 그리움을 가지려 한다. 이제 수천 매의 엽서를 사서, 그 다방 구석진 탁자 위에서. ……어느 틈엔가 구보는 가장 열정을 가져, 벗들에게 편지를 쓰고 있는 제 자신을 보았다. 한 장, 또 한 장, 구보는 재떨이 위에 생담배가 타고 있는 것도 깨닫지 못하고, 그가 기억하고 있는 온갖 벗의 이름과 또 주소를 엽서 위에 흘려 썼다……. 구보는 거의 만족한 웃음조차 입가에 띠며, 이것은 한 개 단편소설의 결말로는 결코 비속하지 않다, 생각하였다. 어떠한 단편소설의—. 물론, 구보는, 아직 그 내용을 생각하지 않았다.

그러나 그러한 것은 어떻든 벗들의 편지가 정말 보고 싶었다. 누가 내게 그 기쁨을 주지는 않는가. 문득 구보의 걸음이 느려지며, 그동안, 집에, 편지가 와 있지나 않을까, 그리고 그것은 가장 뜻하지 않았던 옛 벗으로부터의 열정이 넘치는 글이나 아닐까, 하고 제 맘대로 꾸며 생각하고 그리고 물론 그것이 얼마나 근거 없는 생각인 줄 알았어도, 구보는 그 애달픈 기쁨을 그렇게도 가혹하게 깨뜨려 버리려 하지 않았다. 그러나 그것은 벗에게서 온 편지는 아닐지도 모른다. 혹은, 어느 신문

himself in his chair, reads aloud as Kubo writes. *The woman sitting in front of him stretched out her legs from under the table. Not because she was afraid that his worn-out shoes would trample hers, which were more delicate. Rather, she was at last wearing the ivory-colored silk stockings that she had so long desired and of which she was so proud.*

"Huh," Kubo's friend sneers. "One shouldn't make friends with a novelist. Whatever you choose to write, please leave out my alcohol intolerance." And they all laugh whole-heartedly.

Kubo and His Friend

and most of their conversation are beyond the girls' comprehension. Still, they pretend they understand everything. But there's no harm in that, and one shouldn't ridicule their ignorance. Kubo grabs his pen and writes in his notebook:

Isn't ignorance a necessity for these girls? Were they more intelligent, pain, anguish, and sorrow... all these ...would make their lives unbearable, and a sudden sense of misery would lay siege to their hearts. The blissful, ephemeral delights they enjoy, no matter how worthless they appear, are made possible only by igno-

사나, 잡지사나…… 그러면 그 인쇄된 봉투에 어머니는 반드시 기대와 희망을 갖고, 그것이 아들에게 무슨 크나큰 행운이나 약속하고 있는 거나 같이 몇 번씩 놓았다, 들었다, 또는 전등불에 비추어 보았다……. 그리고 기다려도 안 들어오는 아들이 편지를 늦게 보아 그만 그 행운을 놓치고 말지나 않을까, 그러한 경우까지를 생각하고 어머니는 안타까워할 게다. 그러나 가엾은 어머니가 그렇게까지 감동을 가진 그 서신이 급기야 뜯어보면, 신문 일 회분의, 혹은 잡지 한 페이지분의, 잡문의 의뢰이기 쉬웠다.

구보는 쓰디쓰게 웃고, 다방 안으로 들어선다. 사람은 그곳에 많았어도, 벗은 있지 않았다. 그는 이제 이곳에서 벗을 기다려야 한다.

다방을

찾는 사람들은, 어인 까닭인지 모두들 구석진 좌석을 좋아하였다. 구보는 하나 남아 있는 가운데 탁자에 가 앉는 수밖에 없었다. 그래도, 그는 그곳에서 엘만[69]의 「발스·센티멘탈」[70]을 가장 마음 고요히 들을 수 있었다.

rance.

Kubo writes as if he had uncovered a precious truth. He doesn't refuse the drinks the girls offer him.

It's raining outside. A soft rain, a gentle rain. When it rains this gently so late in the evening, Kubo often becomes sad. The girls are sad as well. Without an umbrella, the girls worry about their only dress and their only shoes and stockings getting wet in the rain.

"Miss Yuki!" a drunken voice calls out. Looking at the darkness beyond the window, Kubo suddenly remembers a woman. "Yuki"—snow in Japanese— may have provoked the memory. In front of a Kwanggyo café, a woman wearing white mourning clothes is calling Kubo in a weak voice. "May I ask you a question?" she said, almost in a whisper, and she turned around as soon as she saw him stopping. She stretched her hand hesitantly toward the café.

"What are they looking for?"

The flier posted by the teahouse window had two lines, **Barmaids Wanted. Barmaids Wanted.** Kubo studied her anew and felt a pang in his heart. She

그러나 그 선율이 채 끝나기 전에, 방약무인(傍若無人)[71] 한 소리가, 구포 씨 아니오—. 구보는 다방 안의 모든 사람들의 시선을 온몸에 느끼며, 소리 나는 쪽을 돌아보았다. 중학을 이삼 년 일찍 마친 사내, 어느 생명보험 회사의 외교원이라는 말을 들었다. 평소에 결코 왕래가 없으면서도 이제 이렇게 알은체를 하려는 것은 오직 얼굴이 새빨개지도록 먹은 술 탓인지도 몰랐다. 구보는 무표정한 얼굴로 약간 끄떡하여 보이고 즉시 고개를 돌렸다. 그러나 그 사내가 또 한 번, 역시 큰 소리로, 이리 좀 안 오시료, 하고 말하였을 때 구보는 게으르게나마 자리에서 일어나, 그의 탁자로 가는 수밖에 없었다. 이리 좀 앉으시오. 참, 최 군, 인사하지. 소설가, 구포 씨.

이 사내는, 어인 까닭인지 구보를 반드시 '구포'라고 발음하였다. 그는 맥주병을 들어보고, 아이 쪽을 향하여 더 가져오라고 소리치고, 다시 구보를 보고, 그래 요새두 많이 쓰시우. 무어 별로 쓰는 것 '없습니다.' 구보는 자기가 이러한 사내와 접촉을 가지게 된 것에 지극한 불쾌를 느끼며, 경어를 사용하는 것으로 그와 사이에 간격을 두기로 하였다. 그러나 이 딱한 사내는 도리어 그것에서 일종 득의감을 맛볼 수 있었는지도 모른다.

was destitute, that much was clear. But apparently she had been able to keep off the street, not needing to look for a job. Then an unforeseeable misfortune struck, and she was left with no alternative but to take to the streets, her grief still raw. She might have a son, almost grown-up. Maybe it was not a son but a daughter, and that was why the poor woman now had to struggle to make ends meet. Before she was married, she might have lived well, been lovingly cared for. Her pale face had grace, even a sort of dignity. When Kubo cautiously explained the advertisement for barmaids, the woman, who must have been over forty, didn't even wait for him to finish. With an expression of disgust and despair, she bowed to him in silence and calmly left...

Kubo turns to look at the barmaids. *Who's more unhappy, that widow or these girls? Whose suffering, whose misery is greater?* He sighs at the thought. But maybe it's not right to dwell on such a thought in a place like this. He puts a fresh cigarette between his lips. The two matchboxes on the table are empty.

A petite barmaid runs to the counter to fetch a match. The girl is almost a child. If she said she was

그뿐 아니라, 그는 한 잔 십 전짜리 차들을 마시고 있는 사람들 틈에서 그렇게 몇 병씩 맥주를 먹을 수 있는 것에 우월감을 갖고, 그리고 지금 행복이었을지도 모른다. 그는 구보에게 술을 따라 권하고, 내 참 구포 씨 작품을 애독하지. 그리고 그러한 말을 하였음에도 불구하고 구보가 아무런 감동도 갖지 않는 듯싶은 것을 눈치채자,

"사실, 내 또 만나는 사람마다 보고, 구포 씨를 선전하지요."

그러한 말을 하고는 혼자 허허 웃었다. 구보는 의미 몽롱한 웃음을 웃으며, 문득, 이 용감하고 또 무지한 사내를 고급(高給)으로 채용해 구보 독자 권유원을 시키면, 자기도 응당 몇 십 명의, 또는 몇 백 명의 독자를 획득할 수 있을지 모르겠다고 그런 난데없는 생각을 하여 보고, 그리고 혼자 속으로 웃었다. 참 구보 선생, 하고 최 군이라 불린 사내도 말참견을 하여, 자기가 독견(獨鵑)[72]의 『승방비곡(僧房悲曲)』과 윤백남(尹白南)[73]의 『대도전(大盜傳)』을 걸작이라 여기고 있는 것에 구보의 동의를 구하였다. 그리고, 이 어느 화재보험 회사의 권유원인지도 알 수 없는 사내는, 가장 영리하게,

sixteen or seventeen, he would scarcely doubt her. Her clear eyes, the dimples on her cheeks, are yet to be sullied by the grime of this world. It may not only be on account of being drunk that Kubo immediately feels pity and attraction. "Won't you go somewhere with me tomorrow afternoon?" He makes this spontaneous proposal and thinks that if she were to agree, he'd be happy to spend half a day strolling around outdoors. She smiles gently. The dimples certainly make her look adorable.

Kubo hands her his pocketbook and fountain pen. "Write O for yes, and X for no, and if it's O, come to Hwasin's roof tomorrow at noon, and don't worry, whichever mark you make, I won't open the note until tomorrow morning." Kubo laughs cheerfully at this new diversion.

Two A.M.

Jongno intersection. Though it's raining, there's a constant stream of people here. All these people are perhaps madly in love with the night. Maybe they set out to find some pleasure for the night, maybe they just as easily found it. And, for a brief moment, each of them might have felt himself the

"구보 선생님의 작품은 따루 치고……."

그러한 말을 덧붙였다. 구보가 간신히 그것들이 좋은 작품이라 말하였을 때, 최 군은 또 용기를 얻어, 참 조선서 원고료는 얼마나 됩니까. 구보는 이 사내가 원호료라 발음하지 않는 것에 경의를 표하였으나 물론 그는 이러한 종류의 사내에게 조선 작가의 생활 정도를 알려 주어야 할 아무런 의무도 갖지 않는다.

그래, 구보는 혹은 상대자가 모멸을 느낄지도 모를 것을 알면서도, 불쑥, 자기는 이제까지 고료라는 것을 받아 본 일이 없어, 그러한 것은 조금도 모른다 말하고, 마침 문을 들어서는 벗을 보자 그만 실례합니다. 그리고 그들이 무어라 말할 수 있기 전에 제자리로 돌아와 노트와 단장을 집어 들고, 막 자리에 앉으려는 벗에게,

"나갑시다. 다른 데로 갑시다."

밖에, 여름 밤, 가벼운 바람이 상쾌하다.

조선호텔

앞을 지나, 밤늦은 거리를 두 사람은 말없이 걸었다. 대낮에도 이 거리는 행인이 많지 않다. 참 요사이 무슨 좋

happiest of men. But signs of weariness are visibly inscribed on their faces and in their gait. Sorrow and fatigue find no respite, so now they have to go back to their homes, to their rooms, which they had forgotten for a while, or tried to forget.

At this late hour his mother will still be awake, waiting for him. The fact that he didn't take an umbrella may have caused her added worry. Kubo thinks of her small, sad, lonely face. He cannot help feeling sad and lonely himself. Kubo had forced his lonely mother almost entirely out of his mind. But she must have thought about her son, worried about him, in anguish, all day long. *Oh, a mother's love, how infinitely deep and infinitely sad.* A woman's love moves from parents to husband, and then to the son. Is it not motherhood that renders a woman's love so powerful, so sacred?

"See you tomorrow," Kubo's friend says, but Kubo hardly hears him. *Now I'll have a life. A life. A life for myself, and comfort and rest for my mother.* "Good night," his friend says again. Kubo at last turns to him and nods. "See you tomorrow night." Kubo, after a slight hesitation, says, "Tomorrow... from tomorrow, I'll stay at home, I'll write...

"Write a good novel," his friend says with real sin-

은 일 있소. 맞은편의 경성 우편국 3층 건물을 바라보며 구보는 생각난 듯이 물었다. 좋은 일이라니. 돌아보는 벗의 눈에 피로가 있었다. 다시 걸어 황금정으로 향하며, 이를테면, 조그만 기쁨, 보잘것없는 기쁨, 그러한 것을 가졌소. 뜻하지 않은 벗에게서 뜻하지 않은 엽서라도 한 장 받았다는 종류의……

"갖구말구."

벗은 서슴지 않고 대답하였다. 노형같이 변변치 못한 사람은 죽을 때까지 받아보지 못할 편지를. 그리고 벗은 허허 웃었다. 그러나 그것은 공허한 음향이었다. 내용 증명의 서류 우편. 이 시대에는 조그만 한 개의 다료를 경영하기도 수월치 않았다. 석 달 밀린 집세. 총총하던 별이 자취를 감추고 하늘이 흐렸다. 벗은 갑자기 휘파람을 분다. 가난한 소설가와, 가난한 시인과…… 어느 틈엔가 구보는 그렇게도 구차한 내 나라를 생각하고 마음이 어두웠다.

"혹시 노형은 새로운 애인을 갖고 싶다 생각 않소."

벗이 휘파람을 마치고 장난꾼같이 구보를 돌아보았다. 구보는 호젓하게 웃는다. 애인도 좋았다. 애인 아닌 여자도 좋았다. 구보가 지금 원함은 한 개의 계집에 지

cerity, and they part company. Kubo finds happiness in the thought that he will write a truly good novel. He takes no offense when a policeman on patrol casts a disparaging look at him.

"Kubo!"

His friend suddenly calls him. "By the way, see what she wrote in your pocketbook." Kubo pulls the pocketbook out of his inside pocket and sees a big, unequivocal X. He smiles a wry smile for his friend's benefit. I guess I won't be going to Hwasin tomorrow at noon, he thinks. Yet he hardly feels disappointed. Even if the mark were O, he would feel no joy. Maybe now he wants to think more of his mother's happiness than his own. Maybe he is preoccupied with that alone. Kubo walks along the street in the soft drizzling rain, hastening home.

He may not flatly refuse his mother if she broaches the subject of marriage.

1) Translator's note: I have made two major adjustments in translating Pak Taewon's experimental prose into English. First, the writer uses a peculiar mixture of verb tenses: he habitually starts a paragraph in the past tense and then, as if staging a scene, narrates the rest in the present. Also, he tends to assign the past tense to external actions, while everything that is filtered through Kubo's perception is described in the present tense. Pak, however, is not con-

나지 않는지도 몰랐다. 또는 역시 어질고 총명한 아내라야 하였을지도 몰랐다. 그러다가 구보는, 문득, 아내도 계집도 말고, 십칠팔 세의 소녀를, 만약 그럴 수 있다면, 딸을 삼고 싶다고 그러한 엄청난 생각을 하여 보았다. 그 소녀는 마땅히 아리땁고, 명랑하고, 그리고 또 총명해야 한다. 구보는 자애 깊은 아버지의 사랑을 가져 소녀를 데리고 여행을 할 수 있을 게다—.

갑자기 구보는 실소하였다. 나는 이미 그토록 늙었나. 그래도 그 욕망은 쉽사리 버려지지 않았다. 구보는 벗에게 알리고 싶은 것을 참고, 혼자 마음속에 그 생각을 즐겼다. 세 개의 욕망. 그 어느 한 개만으로도 구보는 이제 용이히 행복될지 몰랐다. 혹은 세 개의 욕망의, 그 셋이 모두 이루어지더라도 결코 구보는 마음의 안위를 이룰 수 없을지도 몰랐다.

역시 그것은 '고독'이 빚어내는 사상이었다.

나의 원하는 바를 월륜도 모르네.[74]

문득 '춘부(春夫)'[75]의 일행시를 구보는 입 밖에 내어 외어본다. 하늘은 금방 빗방울이 떨어질 것같이 어둡다.

sistent on these points. To avoid confusion in English, I have simplified the tense in some parts. Second, the writer makes a unique use of commas in Korean, often splitting the subject from the predicate. In translation, these commas do not produce the same effects as in the original. I have omitted most of the commas between subject and predicate and, in other places, have replaced them with other forms of punctuation, such as the dash.

2) "B" stands for bromide and "su" is the Korean pronunciation of the Chinese character for water. The nurse's pronunciation reflects a Japanese accent.

3) Hwasin was Korea's first department store. First opened in Seoul in 1931, it reopened after a fire in 1937, in a six-story stone building equipped with such modern facilities as an elevator and an escalator.

4) Kyŏngsŏng, pronounced Keijō in Japanese, was the name of Seoul during the colonial period.

5) The Taishō era refers to the reign of Emperor Taishō.

6) Ishikawa Takuboku (1886–1912) was a Japanese poet and novelist best known for reviving *tanka*, a traditional form of Japanese verse.

7) Tzu Lu (542–480 B.C.), a Chinese Confucian scholar from the No dynasty, was a well-known disciple of Confucius.

8) Kong Jung (153–208), a descendent of Confucius, was a renowned scholar and a minister of state of the late Han dynasty of China.

9) Tŏksugung Palace was one of the major royal palaces of the Chosŏn dynasty. When the palace was opened to the public in 1933, the colonial authorities built a children's park inside the palace walls. Taehanmun is the front gate of the palace.

10) A neologism coined by Kon Wajirō (1888–1973), a Japanese professor of architecture and a pioneer of cultural anthropology. Kon formed the term by combining the Chinese characters for "modern" and "archeology," to refer to a new discipline that would scientifically analyze changing trends in modern culture.

11) *Ch'unhyangjŏn,* a Korean folktale from the eighteenth

월륜(月輪)[76]은커녕, 혹은 구보 자신 알지 못하고 있을 지도 모른다. 어느 틈엔가 종로에까지 다시 돌아와, 구보는 갑자기 손에 든 단장과 대학 노트의 무게를 느끼며 벗을 돌아보았다. 능히 오늘 밤 술을 사줄 수 있소. 벗은 생각해 보는 일 없이 고개를 끄떡였다. 구보가 다시 다리에 기운을 얻어, 종각 뒤 그들이 가끔 드나드는 술집을 찾았을 때, 그러나 그곳에는 늘 보던 여급이 없었다. 낯선 여자에게 물어, 그가 지금 가 있는 낙원정의 어느 카페 이름을 배우자, 구보는 역시 피로한 듯싶은 벗의 팔을 이끌어 그리로 가자, 고집하였다. 그 여급을 구보는 이름도 몰랐다. 이를테면 벗이 흥미를 가지고 있는 계집이었다. 마치 경박한 불량소년과 같이, 계집의 뒤를 쫓는 것에서 값없는 기쁨이나마 구보는 맛보려는 심사인지도 모른다.

처음에

벗은, 그러나, 구보의 말을 좇지 않았다. 혹은, 벗은 그 여급에게 흥미를 느끼지 않고 있었던 것인지도 모른다. 그러나 만약 그가 그 여자에게 무어 느낀 게 있었다 하

century, tells the love story of two teenagers, Ch'unhyang, the fifteen-year-old daughter of a *kisaeng* and an aristocrat, and Mongnyong, the son of the local magistrate. After they secretly become engaged, defying a conventional ban on marriage between members of different social classes, Mongnyong moves back to Seoul with his family. Left alone, Ch'unhyang is subjected to the persecution of the new magistrate, who is charmed by her beauty. In the end, she is rewarded for her brave struggle to preserve chastity by a happy reunion.

12) Ch'oe Haksong (1901-1932), whose pen name was Seohae, was a representative writer of Korean proletarian literature.

13) Tito Schipa (1888-1965) was a famous Italian tenor. "Ahi Ahi Ahi" is an aria in Verdi's "Falstaff."

14) Popular Japanese goods. *Ŭndan* is a small, round, silver-colored pill usually taken to refresh the breath or help digestion. Roto is a famous Japanese eyewash brand.

15) Yoshiiya Nobuko (1896-1973) was a Japanese popular novelist. Part of a growing wave of mass culture in 1930s Japan, her writings on women's friendship and love, such as *Onna no yūjō* (Women's friendship; 1933-1934), were especially popular among female students.

16) Names ending with "ko" are typical of Japanese girls. This suggests that Korean barmaids often used Japanese nicknames for professional reasons.

Translated by Sunyoung Park

in collaboration with Jefferson J.A. Gatrall and Kevin O'rourke

면 그것은 분명히 흥미 이상의 것이었을 게다. 그들이 마침내, 낙원정으로 그 계집 있는 카페를 찾았을 때, 구보는, 그러나, 벗의 감정이 그 둘 중의 어느 것도 아니었다는 것을 알았다. 혹은, 어느 것이든 좋았었는지도 몰랐다. 하여튼, 벗도 이미 늙었다. 그는 나이로 청춘이었으면서도, 기력과, 또 정열이 결핍되어 있었다. 까닭에 그가 항상 그렇게도 구하여 마지않는 것은, 온갖 의미로서의 자극이었는지도 모른다.

여급이 세 명, 그리고 다음에 두 명, 그들의 탁자로 왔다. 그렇게 많은 '미녀'를 그 자리에 모이게 한 것은, 물론 그들의 풍채도 재력도 아니다. 그들은 오직 이곳에 신선한 객이었고, 그리고 노는계집들은 그렇게도 많은 사내들과 알은체하기를 좋아하였다. 벗은 차례로 그들의 이름을 물었다. 그들의 이름에는 어인 까닭인지 모두 '꼬'가 붙어 있었다. 그것은 결코 고상한 취미가 아니었고, 그리고 때로 구보의 마음을 애달프게 한다.

"왜, 호구조사 오셨어요."

새로이 여급이 그들의 탁자로 와서 말하였다. 문제의 여급이다. 그들이 그 계집에게 알은체하는 것을 보고, 그들의 옆에 앉았던 두 명의 계집이 자리를 양도하려

엉거주춤히 일어섰다. 여자는, 아니 그대루 앉아 있에
요, 사양하면서도 벗의 옆에 가 앉았다. 이 여자는 다른
다섯 여자들보다 좀 더 예쁠 것은 없었다. 그래도 어딘
지 모르게 기품이 있어 보이기는 하였다. 벗이 그와 둘
이서만 몇 마디 말을 주고받고 하였을 때, 세 명의 여급
은 다른 곳으로 가버리고 말았다. 동료와 친근히 하고
있는 듯싶은 객에게, 계집들은 결코 흥미를 느끼지 않
는다.

"어서 약주 드세요."

이 탁자를 맡은 계집이, 특히 벗에게 권하였다. 사실,
맥주를 세 병째 가져오도록 벗이 마신 술은 모두 한 곱
보[77]나 그밖에 안 되었던 것임에 틀림없었다. 그러나 벗
은 오직 그 곱보를 들어보고 또 입에 대는 척하고, 그리
고 다시 탁자에 놓았다. 이 벗은 음주 불감증이 있었다.
그러나 물론 계집들은 그런 병명을 알지 못한다. 구보
에게 그것이 일종의 정신병임을 듣고, 그들은 철없이
눈을 둥그렇게 떴다. 그리고 다음에 또 철없이 그들은
웃었다. 한 사내가 있어 그는 평소에는 술을 즐기지 않
으면서도 때때로 남주(濫酒)[78]를 하여, 언젠가는 일본주
(日本酒)를 두 되 이상이나 먹고, 그리고 거의 혼도(昏倒)

를 하였다고 한 계집은 이야기를 하고, 그리고 그것도
역시 정신병이냐고 구보에게 물었다. 그것은 기주증(嗜
酒症),[79] 갈주증(渴酒症),[80] 또는 황주증(荒酒症)[81]이었다.
얼마 전엔가 구보가 홍미를 가져 읽은『현대의학대사
전』제23권은 그렇게도 유익한 서적임에 틀림없었다.

갑자기 구보는 온갖 사람을 모두 정신병자라 관찰하
고 싶은 강렬한 충동을 느꼈다. 실로 다수의 정신병 환
자가 그 안에 있었다. 의상분일증(意想奔逸症). 언어도착
증(言語倒錯症). 과대망상증(誇大妄想症). 추외언어증(醜猥
言語症). 여자음란증(女子淫亂症). 지리멸렬증(支離滅裂症).
질투망상증(嫉妬妄想症). 남자음란증(男子淫亂症). 병적기
행증(病的奇行症). 병적허언기편증(病的虛言欺騙症). 병적
부덕증(病的不德症). 병적낭비증(病的浪費症)…….

그러다가, 문득 구보는 그러한 것에 홍미를 느끼려는
자기가, 오직 그런 것에 홍미를 갖는다는 것만으로도
이미 한 것의 환자에 틀림없다, 깨닫고, 그리고 유쾌하
게 웃었다.

그러면

뭐, 세상 사람이 다 미친 사람이게. 구보 옆에 조그마니 앉아, 말없이 구보의 이야기만 듣고 있던 여급이 당연한 질문을 하였다. 문득 구보는 그에게로 향하여 비스듬히 고쳐 앉으며 실례지만, 하고 그러한 말을 사용하고, 그의 나이를 물었다. 여자는 잠깐 망설거리다가,

"갓 스물이에요."

여성들의 나이란 수수께끼다. 그래도 이 계집을 갓 스물이라 볼 수는 없었다. 스물다섯이나 여섯. 적어도 스물넷은 됐을 게다. 갑자기 구보는 일종의 잔인성을 가져, 그 역시 정신병자임에 틀림없음을 일러주었다. 당의즉답증(當意卽答症). 벗도 흥미를 가져, 그에게 그 병에 대하여 자세한 것을 물었다. 구보는 그의 대학 노트를 탁자 위에 펴놓고, 그 병의 환자와 의원 사이의 문답을 읽었다. 코는 몇 개요. 두 갠지 몇 갠지 모르겠습니다. 귀는 몇 개요. 한 갭니다. 셋하구 둘하구 합하면. 일곱입니다. 당신 몇 살이오. 스물하납니다(기실 삼십팔세). 매씨는. 여든한 살입니다. 구보는 공책을 덮으며, 벗과 더불어 유쾌하게 웃었다. 계집들도 따라 웃었다.

그러나 벗의 옆에 앉은 여급 말고는 이 조그만 이야기를 참말 즐길 줄 몰랐던 것임에 틀림없었다. 특히 구보 옆의 환자는, 그것이 자기의 죄 없는 허위에 대한 가벼운 야유인 것을 깨달을 턱 없이 호호대고 웃었다. 그는 웃을 때마다, 말할 때마다, 언제든 수건 든 손으로 자연을 가장해 그의 입을 가린다. 사실 그는 특히 입이 모양없게 생겼던 것임에 틀림없었다. 구보는 그 마음에 동정과 연민을 느꼈다. 그러나 그것은 물론, 애정과 구별되지 않으면 안 된다. 연민과 동정은 극히 애정에 유사하면서도 그것은 결코 애정일 수 없다. 그러나 증오는―, 증오는 실로 왕왕히 진정한 애정에서 폭발한다……. 일찍이 그의 어느 작품에서 사용하려다 말았던 이 일 절은 구보의 얕은 경험에서 추출된 것에 지나지 않았어도, 그것은 혹은 진리였을지도 모른다. 그런 객쩍은 생각을 구보가 하고 있었을 때, 문득, 또 한 명의 계집이 생각난 듯이 물었다. 그럼 이 세상에서 정신병자 아닌 사람은 선생님 한 분이겠군요. 구보는 웃고, 왜 나두…… 나는, 내 병은,

"다변증(多辯症)이라는 거라우."

"무어요. 다변증……."

"응, 다변증. 쓸데없이 잔소리 많은 것두 다아 정신병이라우."

"그게 다변증이에요."

다른 두 계집도 입안말로 '다변증' 하고 중얼거려 보았다. 구보는 속주머니에서 만년필을 꺼내어 공책 위에다 초(草)한다. 작가에게 있어서 관찰은 무엇에든지 필요하였고, 창작의 준비는 비록 카페 안에서라도 하여야 한다. 여급은 온갖 종류의 객을 대함으로써, 온갖 지식을 얻으려 노력하였다—. 잠깐 펜을 멈추고, 구보는 건너편 탁자를 바라보다가, 또 가만히 만족한 웃음을 웃고, 펜 잡은 손을 놀린다. 벗이 상반신을 일으켜, 또 무슨 궁상맞은 짓을 하는 거야—, 그리고 구보가 쓰는 대로 그것을 소리 내어 읽었다. 여자는 남자와 마주 대하여 앉았을 때, 그 다리를 탁자 밖으로 내어 놓고 있었다. 남자의 낡은 구두가 탁자 밑에서 그의 조그만 모양 있는 숙녀화를 밟을 것을 염려하여서가 아닐 게다. 그는, 오늘, 그가 그렇게도 사고 싶었던 살빛 나는 비단 양말을 신을 수 있었다. 그리고 그것은 그렇게도 자랑스러웠던 것임에 틀림없었다.

홍, 하고 벗은 코로 웃고 그리고 소설가와 벗할 것이

아님을 깨달았노라 말하고, 그러나 부디 별의별 것을
다 쓰더라도 나의 음주불감증만은 얘기 말우―. 그리고
그들은 유쾌하게 웃었다.

구보와 벗과

그들의 대화의 대부분을, 물론, 계집들은 알아듣지 못
하였다. 그러면서도 그들은 능히 모든 것을 이해할 수
있었던 듯이 가장하였다. 그러나, 그것은 결코 죄가 아
니었고, 또 사람은 그들의 무지를 비웃어서는 안 된다.
구보는 펜을 잡았다. 무지는 노는계집들에게 있어서,
혹은, 없어서는 안 될 물건이나 아닐까. 그들이 총명할
때, 그들에게는 괴로움과 아픔과 쓰라림과…… 그 온
갖 것이 더하고, 불행은 갑자기 나타나 그들의 마음을
사로잡고 말게다. 순간, 순간에 그들이 맛볼 수 있는 기
쁨을, 다행함을, 비록 그것이 얼마 값없는 물건이더라
도, 그들은 무지라야 비로소 가질 수 있다……. 마치 그
것이 무슨 진리나 되는 듯이, 구보는 노트에 초하고, 그
리고 계집이 권하는 술을 사양 안 했다.

어느 틈엔가 밖에 비가 내리고 있었다. 가만한 비다.

은근한 비다. 그렇게 밤늦어, 그렇게 은근히 비 내리면, 구보는 때로 애달픔을 갖는다. 계집들도 역시 애달픔을 가졌다. 그들은 우산의 준비가 없이 그들의 단벌옷과, 양말과 구두가 비에 젖을 것을 염려하였다.

유끼짱―. 보이지 않는 구석에서 취성(醉聲)이 들려왔다. 구보는 창밖 어둠을 바라보며, 문득, 한 아낙네를 눈앞에 그려보았다. 그것은 '유끼'[82]―눈이 그에게 준 생각이었는지도 모른다. 광교 모퉁이 카페 앞에서, 마침 지나는 그를 작은 소리로 불렀던 아낙네는 분명히 소복(素服)을 하고 있었다. 말씀 좀 여쭤 보겠습니다. 여인은 거의 들릴락 말락 한 목소리로 말하고, 걸음을 멈추는 구보를 곁눈에 느꼈을 때, 그는 곧 외면하고, 겨우 손을 내밀어 카페를 가리키고, 그리고,

"이 집에서 모집한다는 것이 무엇이에요."

카페 창 옆에 붙어 있는 종이에 女給大募集. 여급대모집. 두 줄로 나누어 씌어져 있었다. 구보는 새삼스러이 그를 살펴보고, 마음에 아픔을 느꼈다. 빈한(貧寒)은 하였을지도 모른다. 그러나 그는 제 자신 일거리를 찾아 거리에 나오지 않아도 좋았을 게다. 그러나 불행은 뜻하지 않고 찾아와, 그는 아직 새로운 슬픔을 가슴에 품

은 채 거리로 나오지 않으면 안 되었던 것일 게다. 그에
게는 거의 장성한 아들이 있을지도 모른다. 혹은 그것
이 아들이 아니라 딸이었던 까닭에 가엾은 이 여인은
제 자신 입에 풀칠하기를 꾀하지 않으면 안 되었을 게
다. 그의 처녀 시대에 그는 응당 귀하게 아낌을 받으며
길러졌을지도 모른다. 그의 핏기 없는 얼굴에는 기품
과, 또 거의 위엄조차 있었다. 구보가 말을, 삼가, 여급
이라는 것을 주석(註釋)할 때, 그러나 그 분명히 마흔이
넘었을 아낙네는 그의 말을 끝까지 듣지 않고, 혐오와
절망을 얼굴에 나타내고, 구보에게 목례한 다음, 초연
히 그 앞을 떠났다······.

구보는 고개를 돌려, 그의 시야에 든 온갖 여급을 보
며, 대체 그 아낙네와 이 여자들과 누가 좀 더 불행할까,
누가 좀 더 삶의 괴로움을 맛보고 있는 걸까, 생각하여
보고 한숨지었다. 그러나 그 좌석에서 그러한 생각을
하는 것은 옳지 않았을지도 모른다. 구보는 새로이 담
배를 피워 물었다. 그러나 탁자 위의 성냥갑은 두 갑이
모두 비어 있었다.

조그만 계집아이가 카운터로, 달려가 성냥을 가져왔
다. 그 여급은 거의 계집아이였다. 그가 열여섯이나 열

일곱, 그렇게 말하더라도, 구보는 결코 의심하지 않았을 게다. 그 맑은 두 눈은 그의 두 뺨의 웃음우물은 아직 오탁(汚濁)에 물들지 않았다. 구보가 그 소녀에게 애달픔과 사랑과, 그것들을 한꺼번에 느낄 수 있었던 것은 결코 취한 탓만이 아니었을지도 모른다. 너 내일, 낮에, 나하구 어디 놀러가련. 구보는 불쑥 그러한 말조차 하며 만약 이 귀여운 소녀가 동의한다면, 어디 야외로 반일(半日)을 산책에 보내도 좋다고 생각한다. 그러나 소녀는 그 말에 가만히 미소하였을 뿐이다. 역시 그 웃음우물이 귀여웠다.

구보는, 문득, 수첩과 만년필을 그에게 주고, 가(可)하면 ○를, 부(否)면 ×를 그리고, ○인 경우에는 내일 정오에 화신상회 옥상으로 오라고, 네가 뭐라고 표를 질러놓든 내일 아침까지는 그것을 펴보지 않을 테니 안심하고 쓰라고, 그런 말을 하고, 그 새로 생각해 낸 조그만 유희에 구보는 명랑하게 또 유쾌하게 웃었다.

오전 두 시의

종로 네 거리―가는 비 내리고 있어도, 사람들은 그곳

179

에 끊임없다. 그들은 그렇게도 밤을 사랑하여 마지않았
는지도 모른다. 그들은 그렇게도 용이하게 이 밤에 즐
거움을 구하여 얻을 수 있었는지도 모른다. 그리고 그
들은 일순, 자기가 가장 행복된 것같이 느낄 수 있었는
지도 모른다. 그러나 그들의 얼굴에, 그들의 걸음걸이
에 역시 피로가 있었다. 그들은 결코 위안받지 못한 슬
픔을, 고달픔을 그대로 지닌 채, 그들이 잠시 잊었던 혹
은 잊으려 노력하였던 그들의 집으로 그들의 방으로 돌
아가지 않으면 안 된다.

　이렇게 밤늦게 어머니는 또 잠자지 않고 아들을 기다
릴 게다. 우산을 가지고 나가지 않은 아들에게 어머니
는 또 한 가지의 근심을 가질 게다. 구보는 어머니의 조
그만, 외로운, 슬픈 얼굴을 생각하였다. 그리고 제 자신
외로움과 또 슬픔을 맛보지 않으면 안 된다. 구보는 거
의 외로운 어머니를 잊고 있었던 것임에 틀림없었다.
그러나 어머니는 그 아들을 응당, 온 하루, 생각하고 염
려하고, 또 걱정하였을 게다. 오오, 한없이 크고 또 슬픈
어머니의 사랑이여. 어버이에게서 남편에게로, 그리고
다시 자식에게로, 옮겨가는 여인의 사랑—. 그러나 그
사랑은 자식에게로 옮겨간 까닭에 그렇게도 힘 있고 또

거룩한 것이 아니었을까.

구보는, 벗이, 그럼 또 내일 만납시다. 그렇게 말하였
어도, 거의 그것을 알아듣지 못하였다. 이제 나는 생활
을 가지리라. 생활을 가지리라. 내게는 한 개의 생활을,
어머니에게는 편안한 잠을, 평안히 가 주무시오, 벗이
또 한 번 말했다. 구보는 비로소 그를 돌아보고, 말없이
고개를 끄떽하였다. 내일 밤에 또 만납시다. 그러나, 구
보는 잠깐 주저하고, 내일부터, 내 집에 있겠소, 창작하
겠소—.

"좋은 소설을 쓰시오."

벗은 진정으로 말하고, 그리고 두 사람은 헤어졌다.
참말 좋은 소설을 쓰리라. 번(番)[83] 드는 순사가 모멸을
가져 그를 훑어보았어도, 그는 거의 그것에서 불쾌를
느끼는 일도 없이, 오직 그 생각에 조그만 한 개의 행복
을 갖는다.

"구보—."

문득, 벗이 다시 그를 찾았다. 참, 그 수첩에다 무슨
표를 질렀나 좀 보우. 구보는, 안주머니에서 꺼낸 수첩
속에서, 크고 또 정확한 ×표를 찾아내었다. 쓰디쓰게
웃고, 벗에게 향해, 아마 내일 정오에 화신상회 옥상으

로 갈 필요는 없을까 보오. 그러나 구보는 적어도 실망을 갖지 않았다. 설혹 그것이 ○표라 하였더라도 구보는 결코 기쁨을 느낄 수는 없었을 게다. 구보는 지금 제 자신의 행복보다도 어머니의 행복을 생각하고 싶었을지도 모른다. 그 생각에 그렇게 바빴을지도 모른다. 구보는 좀 더 빠른 걸음걸이로 은근히 비 내리는 거리를 집으로 향한다.

어쩌면, 어머니가 이제 혼인 얘기를 꺼내더라도, 구보는 쉽게 어머니의 욕망을 물리치지는 않을지도 모른다.

---

1) 단장(短杖). 짧은 지팡이.
2) 아주멈 해. 여기서 '아주멈'은 형수를 가리키고 '해'는 '것'을 의미한다.
3) 취박(臭剝). 브롬화칼륨. 브롬과 칼륨의 화합물.
4) 중이가답아(中耳可答兒). '가답아'는 염증의 일종인 카타르(ka-tarrh)의 음차. 즉 중이염.
5) 졸(拙)하다. 졸렬하다.
6) 겁(怯)하다. 겁이 나다.
7) 약초정(若草町). 현 중구 초동의 일제 강점기 명칭.
8) 초(草)하다. 초 잡다. 초고를 쓰다.
9) 장곡천정(長谷川町). 현 중구 소공동의 일제 강점기 명칭.
10) 전당(典當). 기한 내에 돈을 갚지 못하면 맡긴 물건 따위를 마음대로 처분하여도 좋다는 조건하에 돈을 빌리는 일.
11) 독일의 '벰베르크(Bemberg)' 회사의 원단을 써서 만든 보일(voile), 즉 무명이나 비단 치마.
12) 가배(珈琲). '커피'의 음역어.
13) 양행비(洋行費). '양행(洋行)'은 서양으로 간다는 의미. 곧 서양으로 갈 만한 돈.
14) 석천탁목(石川啄木). 이시카와 다쿠보쿠. 일본의 시인이자 작

가(1886~1912). 낭만파 시인으로 풍부한 생활 감정을 노래하였는데, 후에 사회주의적인 경향으로 흘렀다.

15) 願車馬衣輕裘 與朋友共 敝之而無憾(원거마의경구 여붕우공 폐지이무감). 수레와 말과 좋은 털가죽 옷을 벗들과 함께 나눠쓰다가 그것들이 낡아서 못 쓰게 되더라도 유감스럽게 생각하는 일이 없도록 하고자 한다.『논어』5편 공야장(公冶長).

16) 座上客常滿 樽中酒不空(좌상객상만 준중주불공). 자리에는 늘 손님이 가득하고 술독에는 술이 비지 않는다. 공융(孔融)은 중국 후한 말기의 학자. 공자의 20대 손. 문필에 능하여 건안칠자(建安七子)의 한 사람으로 불렸다.

17) 부청(府廳). 일제 강점기에, 부(府)의 행정 사무를 처리하던 관청.

18) 유동의자(遊動椅子). 놀이공원에 있는 어린이용 놀이기구.

19) 모데로노로지오. 모더놀로지(modernology). 고현학(考現學). 고고학(考古學)에서 만들어진 말로, 현대적 생활공간과 그 풍속을 면밀히 조사 탐구하는 행위로 풀이된다.

20) 세책(貰冊). 대본(貸本). 19세기에서 20세기 초까지 있었던 돈을 받고 책을 빌려준 도서 대여점.

21) 요의빈수(尿意頻數). 소변이 비정상적으로 자주 마려운 증상.

22) 두중(頭重). 머리가 무겁고 무엇으로 싼 듯한 느낌이 있는 증상.

23) 삼전정마(森田正馬) 박사의 단련요법. 1919년 모리타 마사타케(森田正馬)라는 일본의 정신과 의사가 창시한 정신요법.

24) 반자. 지붕 밑이나 위층 바닥 밑을 편평하게 하여 치장한 각 방의 윗면.

25) 양지(洋紙). 서양에서 들여온 종이. 또는 서양식으로 만든 종이.

26) 서해. 소설가 최서해.

27) 악연(愕然). 몹시 놀라 정신이 아찔하다.

28) 맥고모자. 밀짚모자.

29) 드난을 살다. 임시로 남의 집 행랑에 붙어 지내며 그 집의 일을 도와주는 생활을 하다.

30) 효양(孝養). 어버이를 효성으로 봉양하다.

31) 전경부(前頸部). 목의 앞쪽 부분.

32) 팽륭(澎隆). 팽창과 융기.

33) '바세도우'씨병. 갑상선 기능항진. 갑상선 호르몬의 분비 과다에 의해 생기는 질병.

34) 린네르 쓰메에리. 흰색 여름 옷감으로 만든 목깃이 세워진 양복.

35) 파나마. 파나마 풀로 만든 남미 사람들이 주로 쓰는 모자.

36) 광무소(鑛務所). 광산회사의 서울 사무실.

37) 가루삐스. '칼피스'의 일본식 발음. 우유를 가열·살균하고 냉각·발효한 뒤 당액(糖液) 칼슘을 넣어 만든 음료수.

38) 끽다점(喫茶店). 커피를 마시면서 담배를 필 수 있는 다방.

39) '스키퍼'의 「아이 아이 아이」. 이탈리아의 테너 가수 티토 스키퍼(Tito Schipa)가 부르는 베르디의 오페라 「팔스타프」의 유명한 아리아.

40) 오수(午睡). 낮잠.

41) 소오다스이. 소다수.

42) 조달수(曹達水). 탄산음료.

43) 임금(林檎). 능금.

44) 탁설(卓說). 뛰어난 논설이나 의견.

45) 경난(經難). 어려운 일을 겪음. 또는 그 어려움.

46) 다정다한(多情多恨). 애틋한 정도 많고 한스러운 일도 많음.

47) 안모(顏貌). 얼굴의 생김새.

48) 여사(旅舍). 여관.

49) 속무(俗務). 여러 가지 세속적인 잡무.

50) 다료(茶寮). 차를 전문적으로 다루는 곳. 다방이나 찻집.

51) 인단용기(仁丹容器). 인단(仁丹). '은단'의 옛날 표기.

52) 로도 목약(目藥). '로도'라는 안약.

53) 간다(神田). 동경의 거리 이름.

54) 네일클리퍼. 손톱깎이.

55) 짐보오쪼오. 진보초(神保町). 간다에 있는 동경의 거리 이름.

56) 길옥신자(吉屋信子). 요시야 노부코. 일본의 여성 소설가.

57) 개천룡지개(芥川龍之介). 아쿠타가와 류노스케. 일본의 소설가.

58) 라부파레드. 러브 퍼레이드.

59) 우입구 시래정(牛込區 矢來町). 우시코메쿠 야라이초.

60) 무장야관(武藏野館). '무사시노칸'이라는 1928년에 동경 신주쿠에 세워진 영화관.

61) 은좌(銀座). 긴자라고 불리는 일본 도쿄 주오구 남서부에 있는 고급상가이며 유흥가.

62) 히비야(日比谷). 일본 도쿄에 있는 공원 이름.

63) 부전감(不全感). 온전하지 못하다는 데 대한 자의식.

64) 학령(學齡). 초등학교에 들어가야 할 나이.

65) 까시. 놀림.

66) 올가망. 근심스럽거나 답답하여 기분이 나지 않음. 또는 그런 상태.

67) 삐꾸. 반창고.

68) 부란(腐爛). 썩어 문드러짐. 생활이 문란함.

184

69) 엘만. 미샤 엘만(Mischa Elman, 1891~1967). 러시아에서 태어나 주로 미국에서 활약한 왕년의 유태계 명바이올리니스트.

70) 「발스·센티멘탈」. 러시아 작곡가 차이코프스키의 'Valse sentimentale(감상적인 왈츠)' 현악곡.

71) 방약무인(傍若無人). 곁에 사람이 없는 듯하다.

72) 독견(獨鵑). 최상덕(崔象德, 1901~1970)의 필명. 20세기 초반 대중들에게 가장 많은 사랑을 받은 통속소설·신파극 작가.

73) 윤백남(尹白南, 1888~1954). 일제 강점기부터 활동한 대한민국의 예술인. 배우, 극작가, 소설가, 언론인, 영화감독, 연극 제작자, 영화 제작자 등을 다양한 직업을 겸했다.

74) '나의 원하는 바를 월륜도 모르네'는 일본 시인 사토 하루오의 시 「孤叔」의 한 구절.

75) 춘부(春夫), 사토 하루오(佐藤春夫, 1892~1964). 일본의 시인 소설가·평론가. 20세기 전반 일본의 전통적·고전적 서정시의 제1인자.

76) 월륜(月輪). 둥근달.

77) 곱보. '컵'의 일본어식 발음.

78) 남주(濫酒). 폭음(暴酒)과 유사한 뜻.

79) 기주증(嗜酒症). 술을 너무 좋아하는 병.

80) 갈주증(渴酒症). 술을 목말라하는 병.

81) 황주증(荒酒症). 헤어나지 못하게 술을 많이 마시는 병.

82) 유끼. 눈[雪]의 일본어.

83) 번(番). 숙직이나 당직 근무를 서는 일.

* 작가 고유의 문체나 당시 쓰이던 용어를 그대로 살려 원문에 최대한 가깝게 표기하고자 하였다. 단, 현재 쓰이지 않는 말이나 띄어쓰기는 현행 맞춤법에 맞게 표기하였다.

『성탄제』, 을유문화사, 1948

해설

Afterword

진지한 '모던뽀이'의 하루와 경성 모더니즘

천정환 (문학평론가)

박태원의 소설 「소설가 구보씨의 일일」(1934)은 식민지 모더니즘을 대표하는 작품으로 꼽힌다. 모더니즘이란 무엇일까?

개항과 '개화'를 맞으면서부터 한반도 사람들은 각축하는 강대국의 틈바귀에 꽉 끼인 형세로, '세계' 최강·최고·최첨단의 힘과 문물이 서로 경합하며 좁디좁은 한반도 천공의 별자리를 수놓는 것을 지켜봐야 했다. 그것은 미증유의 경험이었다. 그리고 곧, 20세기 초 한국의 지배세력과 지식인 대부분은 각축하는 성좌와 당당히 교통하고 겨루는 일원이 되고자 소망했다. 그 '복된' 소망은 이루어져 한국은 그 겨루기에 끼기는 했다. 그

A Day in the Life of a Serious Modern Boy and Modernism in Kyŏngsŏng

Chun Jung-hwan (literary critic)

Pak Taewon's 1934 short story "A Day in the Life of Kubo the Novelist" is a representative work of colonial modernism. What does this term mean then? With the opening of Korean ports and the arrival of "civilization" in the late 19th century, the inhabitants of the Korean peninsula found themselves caught between world powers jockeying for position. They had to look on as the world's most powerful and advanced countries, touting state-of-the-art goods, competed with each other. They appeared like a constellation of stars on the horizon of this small peninsula in an unprecedented occurrence.

In the early 20th century, the ruling class, as well

러나 식민지인 채로였다. 그것도 천년의 역사를 함께 했으면서도 늘 무시했고, 무시하기 알맞게 더 변방에 있었던, 이웃 섬나라의. 한국인들은 그렇게 근대를 맞아야 했다. 그래서 '식민지근대성(colonial modernity)'은 이 자율과 타율의 변증을 압축해서 설명해주는 유력한 도구가 된다. 식민지근대성은 서구에서 구현된 근대성을 보편적 이념형으로 설정하지 않고 식민지에서 구현된 자본주의화와 국민국가 건설·사회변동의 특수성을 있는 그대로의 객관으로 인정하고 서구적 모델의 '결여태'로 인정하지 않는 태도를 갖는 데에 도움이 된다.

「소설가 구보씨의 일일」 등 박태원 소설은 한국어 소설로 씌어진 모더니즘의 가능치를 최대한까지 보여준다. 서울 사대문 안의 중산 계급으로 자라나 닦은 아비투스와 첨단의 서구 문화를 섭취한 문화 엘리트는 실로 세계 최고, 최첨단의 문화에 발맞출 수 있는 힘을 소지했던 것이다. 하지만 소설가 구보가 보들레르처럼 산책하는 거리는 세계 문화의 수도이며 자본주의의 본거지인 파리나 뉴욕이 아니라 서울일 뿐이다. 1930년대 서울 거리는 일견 전차와 재즈와 최신 유행의 모던걸이 넘쳐나는 듯하지만, 그 거리는 하수구 시설이 전혀 되

as most intellectuals, in Korea sought to make contact and contend with these foreign powers. Their wish came true and Korea was allowed to deal with them, although it did so only as a colony of Japan— the neighboring island nation that Korea had ignored for close to a thousand years because of its peripheral location. As a result, the Korean people were introduced to modernity. This "colonial modernity" is a useful lens through which to view the dynamics of self-rule and governance. The notion of "colonial modernity" makes it possible for us to see Western modernity as a universal ideology, but rather as offering features of capitalization and the building of a nation state in a colony, while at the same time not viewing itself as falling short of the Western model.

Pak Taewon's works, including "A Day in the Life of Kubo the Novelist," are the pinnacle of modernism written in the Korean language. Born and bred in middle-class families in central Seoul, and armed with the latest trappings of Western culture, Pak Taewon, a member of the cultural elite, could keep abreast of the leading global cultural trends. Yet the streets that the protagonist Kubo roams, like Baudelaire, are clearly in Seoul, not Paris or New York,

어 있지 않아 똥냄새 펄펄 풍기는 뒷골목과 그 골목에서 드난살이하는 봉건시대의 '어멈'들을 잔뜩 안고 있었다. 또한 좁디좁은 도회를 조금만 벗어나면 조선인의 대부분은 '모던'에 걸맞지 않게 문맹인 채로, 땅바닥에 딱 붙은 초가집에서, 소달구지와 천수답을 연명거리로 한 봉건적 소작농의 일원인 채 살고 있었다. 조선의 모더니스트들도 이러한 점을 예민하게 느끼고 있었던 듯하다.

이런 모순적인 상황이 바로 식민지모더니즘이고, 식민지의 모더니즘이 자체로 불구이거나 발을 땅에 붙이지 않은 허위의식이자 헛짓거리가 아닌 이유겠다. 전차와 재즈와 모던걸과 할리우드영화는 환상이 아니라 실재였다. 문제는 양이 아니다. 따라서 서양인도, 제국의 세금 내는 시민도 아니지만, 힘센 제국의 문화를 있는 힘을 다해 따라가고자 애썼고 따라갔다. 이상은 아무도 알아먹을 수 없는 난해한 시「오감도」를 발표해 놓고 항의를 받자 오히려 "왜 미쳤다고들 그러는지 대체 우리는 남보다 수십 년씩 떨어지고도 마음 놓고 지낼 작정이냐"고 항변했던 바 있다. 이런 말에서 알 수 있듯이 기준은 어디까지나 서구나 일본에 있었고, 일제의 지배

the centers of cosmopolitanism and capitalism at that time.

At first glance, the streets of Seoul in the 1930s seemed made up of streetcars, jazz, and modern, fashionable women. But behind them lay the back alleys, lacking proper sewerage, reeking of human waste, and sheltering domestic servants who hark back to the time of feudalism. A short distance away from the small downtown area and its modern intellectuals are illiterate people inhabiting tiny thatched huts and eking out a living from their ox carts and rice paddies as part of the sharecropping system, another holdover from the feudal past. These contrasts were felt keenly by the modernists in Chosŏn.

This contradictory state can be called "colonial modernism," and this is why it was not a disorder, false consciousness, or mere figment of the imagination. Streetcars, jazz, and Hollywood movies were a reality, in spite of their limited reach. Therefore, Korean culture tried and succeeded in playing catch-up with the powerful imperialists, although they were neither Westerners nor subjects who paid taxes to an empire. When the public criticized Yi Sang after the publication of his esoteric poem,

때문에 자유도 없었지만, 그 같은 의식 또한 단순한 허위의식이 아니라 한 세대 이상 조선인들이 이념화하고 내면화한 심리적 현실에 튼실하게 기반한 것이었다. 그리고 흉내내다보니 또 나름대로 모양도 그럴 듯하게 나는 그런 상태로 식민지 시대의 문화는 발전해 갔던 것이다. 요컨대 '모더니즘'을 1920,30년대 한반도에 관철된 식민지 근대성이 가장 잘 농축된 문화적 표현 양상으로 적극적으로 달리 해석할 필요가 있을 것이다.

박태원은 한글로 쓰인 소설 작품 가운데에서 가장 파격적이고 실험적인 작품을 남겼다. 박태원의 소설 기법 실험은 표현 매재인 언어에 대한 독특하고 깊은 자의식을 바탕으로, 근대적 산문정신의 합리주의를 넘어서고자 하는 의도에서 수행되었다. 이런 '의도'가 모더니스트 박태원의 면모의 핵심이다.

의미는 '문장—단락—절—장' 등의 분절을 통해서 이해할 수 있는 것이 되고, 이 의미의 단위가 연결되는 가운데 소설의 시간성이 실현된다. 그런데 박태원의 실험적인 소설에서 문장들은 의미의 위계적 분절을 거부하는 수단이 된다. 「진통」 「소설가 구보씨의 일일」 「방란장 주인」 「길은 어둡고」 등이 이러한 실험이 적용된 대표적

"A Crow's Eye View," he argued, "Why do they accuse me of madness? How can we afford to dally when we are decades behind others?" This reveals the fact that the cultural elite's standards had always been Western or Japanese, and such a consciousness was not simply imagined, but strongly rooted in psychological reality internalized and reinforced by more than one generation of Koreans, although there seemed to be no freedom because of the Japanese colonial rule. It is important to note that mimicry made it possible for colonial culture to develop in a positive way. In other words, it is necessary to interpret "modernism" as part of a cultural expression that best captured the prevailing colonial modernity on the Korean peninsula in the 1920-30s.

Pak Taewon wrote some of the most experimental and innovative works in the Korean language. Based on his unique and deep consciousness of the language as a medium of expression, he experimented with writing styles in order to go beyond the rationalism of modern prose writing. This intention is the kernel of Pak Taewon as a modernist.

His meaning can be construed by parsing the various elements of novelistic writing: the sentence,

인 작품들이다. 예컨대「방란장 주인」은 '그야 주인의 직업이……'로 시작해서 '……느꼈다……'로 끝나는 단 하나의 문장으로 씌어져 있다. 그 문장은 수없이 많은 쉼표와 '~이요', '~며', '~고'로 연결된 하나의 복문이다. 이런 문장을 통해 소설은 두 가지 점에서 대단히 과격한 실험성을 갖게 된다.

「소설가 구보씨의 일일」은 박태원 그 자신을 표현한 주인공인 '구보'를 등장시켜 하루 동안의 경성 시내를 돌아다니는 내용이다. 거기서 경성의 풍경들과 함께 소설을 쓰기 전 과정, 그리고 소설을 써 가는 과정이 그려진다. 그래놓고는 결말에서는 "집에 있겠소. 좋은 창작을 하겠소"로 끝낸다.「소설가 구보씨의 일일」에서는 시간이 흘러가기는 한다. 소설은 12시간의 하루 동안을 시간 경과로 가지고 있는데 그 과정의 시간은 매우 천천히 흘러간다. 시간 경과는 자유 연상에 의해 계속 틈입하는 과거와 기억 들에 의해 방해를 받기 때문이다. 그래서 박태원은 제임스 조이스(James Joyce) 같은 지구상에서 가장 전위적인 작가와 비교되기도 한다.

그래서 박태원은 '모더니즘'에 속하는 작가로 분류되어 왔다. 위에서 살펴본 것처럼 박태원은 모더니즘 문

paragraph, passage, and chapter. The temporality of the novel is realized as these units of meaning are connected. In this experimental writing, however, sentences serve as a way of defying the hierarchical division of meaning. "Pain," "A Day in the Life of Kubo the Novelist," "The Owner of Bangranjang," and "Dark Road" are classic examples of such experimentation. For instance, "The Owner of Bangranjang" consists of only one sentence, which begins "The owner's job is..." and ends "...felt." This single long sentence is connected only with numerous commas and different forms of coordinate conjunctions. It is a radical piece of experimental fiction on at least two levels: First, because it is formed by a single long complex sentence; and second, because it rejects hierarchy by using only coordinate conjunctions.

In "A Day in the Life of Kubo the Novelist," Pak's alter ego, Kubo, wanders around downtown Kyŏngsŏng in a single day. Kyŏngsŏng's landscape is portrayed, as Kubo recounts the process of preparing for the actual writing of fiction. Toward the end he concludes, "...I will stay at home, I will write..." Time flows in the story, but the 12 hours in which it occurs pass slowly because of intervening memories

학의 보편성을 유감없이 구현해 보인다. 그 보편성은 1차 대전과 2차 대전 사이의 서유럽에서 본격적으로 형성되어, 대서양 연안과 동아시아의 도시들을 한 두름에 꿰어 이룩된 문화 양식의 국제적인 성격을 뜻한다.

from the past, as Kubo's thoughts meander. In this sense Pak is often compared to the most avant-garde writers, especially James Joyce. And this is why he is considered to be among the modernist writers. Pak fully embodies the universality of modernist literature and its global cultural characteristics, which emerged in Western Europe between World War I and World War II, and became firmly entrenched as it connected the cultural centers and writers of the West and East Asia.

비평의 목소리

Critical Acclaim

「소설가 구보씨의 일일」의 제목과 형식은 이후에도 여러 번 차용되었다. 대표적으로 1970년대에 최인훈이, 1990년대에 주인석이 비슷한 제목의 연작 소설들을 발표한 것을 들 수 있다. 이 두 작가에게서도 중요한 것은 자신이 처한 현실적 상황을 어떻게 볼 것인가와 글쓰기란 자신에게 어떤 의미를 지니고 있는가라는 사항이었다. 이런 사실에서도 박태원이, 작가란 어떤 사람이며 무엇을 하는가, 곧 근대적 상황에서 작가의 정체성이 어떤 것인가에 대한 고민을 드러내고 있음을 짐작할 수 있다.

장수익, 「소설가 구보씨의 일일」, 『한국의 고전을 읽는다』,

The title and form of "A Day in the Life of Kubo the Novelist" were adapted by other writers several times. For example, Choi In-hun and Chu In-sŏk published a series of stories with similar titles in the 1970s and 1990s, respectively. What mattered to these writers was how to look at the reality they were faced with and the meaning of writing. In this regard, Pak Taewon helped to form the identity of later writers in the face of modernity.

Chang Su-ik, "A Day in the Life of Kubo the Novelist,"
Reading Korean Classics (Seoul: Humanist, 2006)

In the words of critic Kim Ki-rim, colonial mod-

휴머니스트, 2006

　식민지의 모더니스트들은 또한 김기림의 표현대로 '조선말에 대한 윤리감'에 그 누구보다도 투철했고, '조선어'로 문학을 한다는 것의 의미와 가치에 그 누구보다도 민감한 이들이었다. 가장 전위적인 언어의 창조자이기도 했던 그들은 어떤 의미에서는 가장 '조선적 언어의 애호자'이자 가장 보수적인 모국어의 보존자이기도 했다. 작가란 '신선한, 그리고 또 예민한 감각'으로 조선어의 어감과 신경을 갈고 닦아야 하며 그것이 곧 '문장도(文章道)'임을 천명한 박태원이 그 중심에 있었음은 물론이다.

김미지, 「언어의 놀이」, 『서사의 실험』, 소명출판, 2012

ernists were devoted to the "ethics of the Korean language" and were sensitive to the meaning and values of literature in the Korean language more than any other writers. While inventors of the most avant-garde language, they were also the most conservative advocates and protectors of the Korean language. There is no doubt that Pak Taewon was at the forefront of this movement, arguing that by following this way of writing, authors could polish the nuances of the Korean language with a fresh and acute sense.

Kim Mi-ji, "The Play of Language,"

The Experiment of Narrative (Seoul: Somyong, 2012)

박태원

1910년 1월 17일 서울에서 태어난 박태원은 서울 중산층 집안의 아들로 비교적 유복하게 자랐다. 그는 어릴 때부터 당대의 거물 이광수로부터 문학수업을 사사받을 수도 있었다. 1929년에 경성제일고보를 졸업하고, 일본 동경법정대학 예과에 입학했으나 곧 중퇴한 뒤 본격적으로 문단에 나왔다. '구인회'의 일원으로서 1930년대 중반에 「소설가 구보씨의 일일」「방란장 주인」「길은 어둡고」 같은 가장 실험적인 작품들을 써냈다. 1938년에는 장편소설 『천변풍경』 및 단편소설집 『소설가 구보씨의 일일』을 출간하여 작가로서의 단단한 자리를 취했다.

박태원은 그가 태어나 거주하던 서울의 중심지인 종로와 청계천변, 즉 청진동·관철동과 그 동네 사람들의 이야기를 썼다. 「낙조」에서 「골목안」 그리고 장편 『천변풍경』에 이르기까지 여러 차례 다양한 각도에서 1930년대 서울 한복판에 살던 서울 사람들의 운명을 소설화한다. 박태원 문학에서 이들이 갖는 의미는 소재 이상

Pak Taewon

Pak Taewon was born in Seoul on January 17, 1910. He grew up in a middle-class family, largely sheltered from difficulties. At a young age, he learned from Yi Kwang-su, the greatest Korean writer of the time. He graduated from Kyŏngsŏng First High School and entered the preparatory department of Tokyo Law College in Japan, but soon dropped out and made his literary debut. As a member of the Society of Nine, he wrote extremely experimental works, such as "A Day in the Life of Kubo the Novelist," "The Owner of Bangranjang," and "Dark Road" in the mid-1930s. In 1938, he published the novel *Scenes by a Stream* and a short-story collection, *A Day in the Life of Kubo the Novelist,* and so established his credentials as part of the literary community.

He wrote about the people in Jongno, Cheonggye Stream, Cheongjin-dong, and Gwancheol-dong in central Seoul, where he lived. He fictionalized the lives of many people who lived in central Seoul in the 1930s from various perspectives in

이다. 이들이야말로 그들과 함께 살며 관찰한 박태원에게는 진솔한 '현실'이며 '민중'이자, 창작의 동력 자체였다. 중간 혹은 그 이하인 이 서울 사람들은 원체 약하지만 잇속에도 밝다. 또한 가난하지만 나름대로는 세련됐다는 점에서 본원적 의미의 '민족'이나 '민중'이 아니다.

기본적으로 이들의 삶은 어렵고, 그것을 묘사하는 작가의 시선은 연민이다. 이런 작품들에서의 문학적 성취는 꾸준히 관찰해서 속속들이 그 대상을 이해한 결과이기도 하다. 박태원의 다른 소설에서 작가와 거의 등신대의 주인공이 등장하는 것과 달리, 이 계열의 작품에서 작가는 거의 몸을 드러내지 않는다. 그러면서 작가는 자유자재로 그들 중의 일부가 되어 그 삶을 묘파하고 그에 부과된 생의 고달픔과 사회적 모순을 그려낼수 있었다.

1940년 전후에 발표된 〈자화상〉 3부작'이라는 제명을 달고 1940년 전후에 발표된 「음우(淫雨)」「투도(偸盜)」「채가(債家)」와 「재운」 「음우(陰雨)」에도 「소설가 구보씨의 일일」과 '구보'가 등장한다. 이 구보는 「소설가 구보씨의 일일」와 같고도 다른 존재로서, 경성의 중산층과 소설가로 사는 존재의 생활을 그리기 위한 장치이다.

such works as "Sunset," "Inside Alley," and *Scenes by a Stream*. These people serve more than just a theme in Pak's writing. Having lived among and closely observed them, he found in them the locomotive power and reality of his creative work. These inhabitants of Seoul are middle class, or even lower class, yet streetwise. They possess a certain sophistication in spite of their poverty, and so are not really "the nation" or the "common people." They live a hard life, which Pak viewed with sympathy. His main literary achievement in these works was arriving at a thorough understanding of these people through keen observation. Unlike his other works, where his alter ego appears, he rarely makes a cameo in these works set in central Seoul. Instead, he becomes the characters and reveals their lives without reservation in order to convey the hardships and social contradictions they have to contend with.

Kubo, the title character of "A Day in the Life of Kubo the Novelist," also appears in the trilogy "Self-Portrait," published before and after 1940. This "Kubo" is both the same as and different from Kubo in "A Day in the Life of Kubo the Novelist." The character is a literary device to portray the middle

1940년 전후의 구보는 어느새 아내와 두 아이를 가진 가장이며 "약간의 고료" 때문에 소설을 쓰는 직업인의 하나이다. 좀 더 살피면, 드러내 놓고 있는 소설 제작 과정도 다르다. 온종일 거리를 배회하며 관찰하고 상념 속에서 현실과 과거를 오가는 '산책'이 소설 쓰기의 동력이 아니라, 집에서 소설을 쓰지 못하게 만드는 짜증나는 일상생활과 생계를 걱정해야 하는 아내와의 관계가 주된 축이기 때문이다. 30대 초입인 박태원이 입담 좋게 늘어놓고 있는 이야기는 자본주의의 대도시를 살아가는 소시민이라면 누구나 겪는, 보편성마저 지니고 있다.

1945년 해방 이후에 박태원의 삶과 문학은 한반도의 복잡한 정세와 전쟁 때문에 크게 달라졌다. 그는 해방 정국 때 '조선문학가동맹'의 요직을 맡았으나 1948년 '보도연맹'에 가입해 전향성명서에 서명했다. 1950년 전쟁이 발발하자 서울에 온 이태준 등을 따라 월북했다. 북한에선 대하역사소설 『갑오농민전쟁』 1, 2부를 썼다.

그래서 모더니스트로서 식민지 시기의 박태원은 청년기에 함께 활동한 이상과 비교되고, 또 해방 이후의 체제 선택이 갖는 의미가 문학사적 탐구 대상이었다.

class of Kyŏngsŏng (now Seoul) as well as the novelist himself. Sometime before and after 1940, Kubo is married, with two children, and has to make a living ("Sometimes he sells what he writes to make money"). A closer look reveals the peculiarity of his process of writing fiction. He wanders around all day and observes people. His meandering and meditation, which goes back and forth between the past and the present, do not serve as the motivator of his fiction writing. Rather, the main story revolves around the petty affairs of his daily life and his relationship with his wife, who always worries about how to manage their livelihood. The story, written when he was in his early-30s, captures the lives of ordinary citizens in a capitalist-driven metropolitan city.

After Korea's independence from Japan in 1945, the life and literature of Pak Taewon was completely altered in light of the complex situation on the Korean Peninsula and the Korean War. Upon Korea's liberation from Japan, he became a key member of the Korean Writers' Alliance, but signed a letter of conversion in 1948, after joining an anti-communist security league. When the Korean War broke out in 1950, he crossed the 38th Parallel into

식민지의 가난한 뒷골목에 진정으로 한발을 딛고 있었던 모더니즘, 박태원 소설의 큰 의의는 거기에 있다. 박태원은 『갑오농민전쟁』을 쓰면서도 모더니스트였다. 한국적인 모더니즘, 즉 식민지 모더니즘은 식민지 시대에 태어나고 철이 들기 직전에 요절해 버린 이상 같은 존재에 의해서가 아니라, 서울 한복판에서 태어나고 자랐지만 결국은 분단된 나라의 북반부에서 병사할 수밖에 없는 운명을 산 박태원에 의해서 제대로 구현된 것이라 볼 수도 있다.

North Korea along with Yi T'ae-jun, who had visited him in Seoul. In North Korea, he wrote a two-volume historical novel about the peasants' revolt in 1894, among other works.

As a modernist during the colonial period, Pak is often compared to Yi Sang, with whom he had worked when in their youth. His ideological choice after Korea's liberation from Japan has been the subject of literary scholarship. Nevertheless, the major significance of his work lies in its modernism, which partly took shape in the poor back alleys of the colonial capital. He was still a modernist when he wrote *The Peasants' Revolt in 1894* in North Korea. Korean modernism (or colonial modernism) was best embodied by these works of Pak Taewon, who was fated to die of illness in North Korea on the divided peninsula, although he was born and raised in central Seoul, rather than the works of Yi Sang, who was born in colonial Korea and died at a young age.

번역 **박선영**, 보조 번역 제퍼슨 **J. A. 갸트렐**, 케빈 오록

Translated by Sunyoung Park in collaboration with Jefferson J.A. Gatrall and Kevin O'Rourke

미국 로스앤젤레스 남가주대 동아시아학 및 젠더학 부교수. 뉴욕 컬럼비아대학교에서 근대 한국 사실주의 문학 연구 논문으로 비교문학 박사 학위를 수여했으며, 저서로는 『근대 사회주의 문학사』(하버드대학교 아시아센터, 2014, *The Proletarian Wave: Literature and Leftist Culture in Colonial Korea 1910-1945*)와 번역집 『만세전 외 근대 중단편 소설 선집(코넬 동아시아 시리즈, 2010, *On the Eve of the Uprising and Other Stories from Colonial Korea*)를 출간한 바 있다. 현재는 한국 근현대 문학과 시각 문화에 나타나는 판타지 문화적 상상력과 대항문화의 역사적 관계를 살펴보는 연구서를 집필 중이다.

Sunyoung Park is associate professor of East Asian languages and cultures and gender studies at the University of Southern California. Her research focuses on the literary and cultural history of modern Korea, which she approaches from the varying perspectives of world literature, postcolonial theory, and transnational feminism and Marxism. Her first scholarly monograph, *The Proletarian Wave: Leftist Literature in Colonial Korea 1910-1945* (Harvard University Asia Center, December 2014), examines the origins, development, and influence of socialist literature in Korea during the colonial period. She is also the editor and translator of *On the Eve of the Uprising and Other Stories from Colonial Korea* (Cornell East Asian Series, 2010). Her current research interests center on fantastic imaginations in modern and contemporary Korea with focus on the political relevance of utopian fiction, sci-fi and cyber-fiction.

미국 뉴저지 몽클레어 주립대학교 러시아학과 부교수. 컬럼비아대학교에서 러시아 문학 및 비교문학 박사 학위를 수여했으며, 저서로 『The Real and the Sacred: Picturing Jesus in Nineteenth-Century Fiction』(현실과 신성: 19세기 러시아 소설에 나타난 예수상, 미시간대출판사, 2014)와 더글라스 그린필드와 공동 편집한 『Alter Icons: The Russian Icon and Modernity』(제단의 성상들: 러시아의 성상과 근대성, 펜실베니아 주립대 출판사, 2010)이 있다. 이외에도 도스토옙스키, 체호프, 톨스토이, 레르몬토프, 프루스트, 니콜라이 게, 루 월리스 등 많은 작가와 화가에 대한 연구 논문을 발표한 바 있다.

Jefferson J. A. Gatrall is Associate Professor of Russian at Montclair State University. He is the author of *The Real and the Sacred: Picturing*

Jesus in Nineteenth-Century Fiction (University of Michigan Press, 2014) and has also co-edited with Douglas Greenfield *Alter Icons: The Russian Icon and Modernity* (Penn State University Press, 2010). His other publications include essays on writers and painters such as Dostoevsky, Chekhov, Tolstoy, Lermontov, Proust, Nikolai Ge, and Lew Wallace.

아일랜드 태생이며 1964년 가톨릭 사제로 한국에 왔다. 연세대학교에서 한국 문학 박사 학위를 받았으며, 한국의 소설과 시를 영어권에 소개하는 데 중점적인 역할을 해왔다.

Kevin O'Rourke is an Irish Catholic priest (Columban Fathers). He has lived in Korea since 1964, holds a Ph.D. in Korean literature from Yonsei University and has been at the forefront of the movement to introduce Korean literature, poetry and fiction, to the English speaking world.

바이링궐 에디션 한국 대표 소설 093
소설가 구보씨의 일일

2015년 1월 9일 초판 1쇄 발행

지은이 박태원 | 옮긴이 박선영 | 펴낸이 김재범
기획위원 정은경, 전성태, 이경재 | 편집 정수인, 이은혜, 김형욱, 윤단비 | 관리 박신영
펴낸곳 (주)아시아 | 출판등록 2006년 1월 27일 제406-2006-000004호
주소 서울특별시 동작구 서달로 161-1(흑석동 100-16)
전화 02.821.5055 | 팩스 02.821.5057 | 홈페이지 www.bookasia.org
ISBN 979-11-5662-067-9 (set) | 979-11-5662-070-9 (04810)
값은 뒤표지에 있습니다.

Bi-lingual Edition Modern Korean Literature 093
A Day in the Life of Kubo the Novelist

Written by Pak Taewon | Translated by Sunyoung Park
Published by Asia Publishers | 161-1, Seodal-ro, Dongjak-gu, Seoul, Korea
Homepage Address www.bookasia.org | Tel. (822).821.5055 | Fax. (822).821.5057
First published in Korea by Asia Publishers 2015
ISBN 979-11-5662-067-9 (set) | 979-11-5662-070-9 (04810)